もぐら同心 草笛旅

特選時代小説

高橋和島

JN282235

廣済堂文庫

目次

この作品は廣済堂文庫のために書き下ろされました。

峠の茶屋

峠の頂上のわずかばかりの平地に建つ茶屋は、東の奈良井《ならい》宿、西の藪原《やごはら》宿から険《けわ》しい中山道《なかせんどう》の山道を登ってきた旅人たちにとって欠かせない休息場所になっていた。

鳥居《とりい》峠（海抜千百九十メートル）は木曾《きそ》の霊山御嶽《おんたけ》（同三千六七メートル）の遥拝所《ようはいじょ》があり、鳥居が建っているため、こう呼ばれている。

天候に恵まれぬと、霊峰を拝むことはかなわぬものの、初秋の涼風が峠を吹き抜けるこの日は、見る者をして思わず感嘆の声を洩《も》らさずにはおかない荘厳な姿を蒼《あお》く澄んだ天空に浮かべていた。

峠の茶屋脇の木立に踞《うずくま》り潜む男女の姿があった。

女は大柄で伊賀袴、腰に大小の刀という侍姿の男装。まだ若く、官女雛《かんによびな》のような整った顔、気性の激しさを窺わせる凛《りん》とした目をしている。黒髪を無造作に後ろで束ねた百姓娘のような馬の尾髪の上、化粧気もみられないが、かなり美しい部類に入るだろう。

男も侍である。

歳は三十前後か。細身で病気持ちではないかと思われるほど青白い顔をしている。異様に鋭い目と、指の長い両手に竹刀《しない》だこが目立つ。

彼らは互いにあざみ殿、風谷《かざたに》殿と呼び合っていた。口のききようからすると、あざみのほうが女ながら指示命令をする立場らしい。

「風谷殿、やってきましたぞ」

女は二つの山駕籠《かご》とその後に従う手代風の男三人の一行を指差した。

「……」

男は無言で頷《うなず》く。

茶屋前の空き地で止まった駕籠から大店《おおだな》の隠居風の老人と若い娘が姿を見せた。

「あれが尾張《おわり》藩の前《さき》の藩主徳川宗春《とくがわむねはる》様と材木問屋六角屋弥兵衛《ろっかくややへえ》の娘小笹《こざさ》です。宗春様は六角屋の隠居万五郎《まんごろう》ということで通しておいでになるようです」

「公儀から蟄居謹慎《ちっきょきんしん》を命じられている身でありながら密かに尾張を抜け出し、旅に出ている不埒《ふらち》な乱心者とはあの爺さんか。存外まともな顔をしておるな」

風谷と呼ばれた男は低い声で呟く。

「後ろの供の者の三人のうち、今あくびをした背の高い男が千村平四郎《ちむらへいしろう》です」

「……」

風谷は無言で女が指差した方向に目を凝らした。

「緩《ゆる》んだ顔をしておりますけれど、鹿嶋《かしま》新当流の棒術達者で尾張新影流の剣もよく使うとか」

「あやつは斬ってもよろしいのじゃな」

茶屋のほうに顎《あご》をしゃくり、白じゃけた唇を嘗《な》めた。

「かまいませぬ。千村の横で首筋を拭《ぬぐ》っている眉間《みけん》に皺《しわ》を寄せた痩《や》せた男が不破陣《ふわじん》内《ない》」

「吹き矢をよくするという奴か」

「脛《すね》を掻きながら陣内に何か話し掛けているがに股の背の低い男が薬丸七兵衛《やくまるしちべえ》。だらしない酒好きながら体術の達者で、油断はできませぬ」

「藩主脱出用の名古屋城の地下道を守るのを仕事にしておるゆえ、もぐら同心と呼ばれている軽輩者どもでござるな。あやつらは半ば町人のようなもので、みな藩公認の家業を持っていると聞いたが」

「そのとおりです。千村平四郎は魚を釣る竿づくり、不破陣内は骨董屋《こっとうや》、薬丸七兵衛は茶道具の焼物づくりが家業のはずです」

「文無し旅ゆえ、それぞれの家業の腕を活かし路銀を稼いでいるとも聞いたが」

「そうらしいですね」

「侍のくせに町人の身なりをさせられた上、銭も稼がねばならぬとは何とも哀れな連中でござるな。で、あの三人は斬ってもよろしいのじゃな」

「そなたは軽々しく斬ると申すが、ああ見えても三人とも尾張藩土居下組《どいしたぐみ》きっての手練《てだ》れ、簡単ではありませぬぞ」

「あざみ殿はこの風谷兵馬《へいま》の腕をご存知ないとみえるな」

男は三白眼を鈍く光らせ、鼻先で嗤《わら》った。

「ご老中酒井雅楽頭《さかいうたのかみ》様から書状をいただいておるゆえ承知しております。鉄砲百人組根来衆《ねごろしゅう》きっての剣の遣い手で中条流《ちゅうじょう》目録とか」

「目録なぞは紙切れにすぎぬが、人なら十人は斬っておる」

「それは頼もしいことです。したが、わたしの許しなしにあの三人を斬ることはなりませぬぞ」

「風谷兵馬はご老中より、尾張殿の供の者を始末してこいと命じられてきた身。三人を斬るのが役目と承知しておる」

「後ろの男どもがあまりにも頼りないゆえ」

と背後へ顎をしゃくってみせた女は凜とした口調で続けた。

「誰ぞ腕の立つ者をとご老中に願い出たのは確かなれど、畏《おそ》れおおくも大御所吉宗《よしむね》様から此度《このたび》の采配《さいはい》役を命じられたわたしの立場に変わりはありませぬ。勝手な真似は許しませぬぞ」

二人の背後の茂みに踞っている男たちが互いに顔を見合わせた。いま女に頼りないと言われた連中だが、苦い顔をしただけで抗議の声をあげるつもりはないらしい。

先刻からひそひそ声を交わす彼らの会話からして、額に瘤《こぶ》のあるのが野首《のくび》、鼻毛の長いのが袈裟丸《けさまる》、鼠のような前歯の持ち主が乙狩《おとがり》という名で、いずれも前方の男女同様に身分は公儀隠密のようだ。

「わしは斬りたいときに斬る」

風谷は大刀の柄を叩いた。

「なりませぬ」

相手を睨《にら》んだ女は声を荒げた。

「われら公儀の者が尾張徳川家中の者に手を出すのを世間に知られてはならぬゆえ、慎重に事を運ばねばならぬのです。判りますね」

「……」

男は頷こうとしない。

「慎重になっておればこそ、この峠で旅人を襲うという御嶽党《おんたけとう》の仕業に見せかけて、あの三人を痛めつけようとしているところ。風谷殿、聞こえておるなら返事くらいなされ」

女が足元の地面を拳で叩いたとき、下の茶屋のほうから怒鳴り声がした。


番頭風の男と馬子《まご》の怒鳴り合いは、宗春一行が腰を下ろした茶屋の床几《しょうぎ》から三、四間離れたところで始まった。

「うちの旦那様の悪口を言うのは赦《ゆる》しませせぬぞ」

額の狭い貧相な顔をした中年男の口から泡が飛ぶ。

「本当のことを言ってるだけじゃねえか。倅《せがれ》の命を助けるのに銭を惜しむ奴を吝嗇《けち》と呼んでどこが悪い」

「御嶽党から作次郎《さくじろう》様を救ったお人には十両出すと、旦那様はおっしゃっているのです。十両も弾むというのに吝嗇という言い方はないでしょう」

「おめえ、正気で言ってるのか。おらのような貧乏人が十両出すと言ったら、世間は吝嗇だとは思うめえよ。だがな、簑輪屋《みのわや》は奈良井宿きっての大尽《だいじん》で蔵には千両箱が唸ってるてえ話じゃねえか。しかも聞いたところによると、御嶽党は作次郎の身代金として五百両出せと言ってきておるとか。五百両払うのを十両で済ませようてえんだから、糞《くそ》の付く吝嗇だ。あきれるしかねえドケチだ」

馬子は太い右親指で己《おのれ》の獅子鼻《ししばな》の片方を押さえると音をたてて手鼻をかんだ。地面に飛び散った鼻汁を飛び下がってよけた番頭風の男は、もう我慢ができぬという顔になって何か言い返そうとするが、唇がわなわなするだけで言葉が出てこない。

「十両はおらたちのような馬子には確かに大金よ。だがな、物の値段が上がってきてる近頃は十両も大したこたあねえ。ついこないだ馬に乗せた客の話では、京の島原《しまばら》で太夫《たゆう》と一夜遊ぶと十両から十五両取られるそうじゃ。御嶽党から作次郎を救い出すのは命懸けの仕事じゃねえか。たった十両で命を投げ出す奴がいるとでも思ってるのかい」

「おまいさんがこの峠越えの客を馬に乗せてもらう駄賃はたった八十文じゃないか。二十四文でうまい蕎麦《そば》が食えるし、二百文あれば旅籠《はたご》に泊まれる。十両あれば米三十俵が買えるじゃないか。おまいさんがどう言おうと十両は恥ずかしくない大金じゃ」

「たった八十文という言い草はねえぞ」

馬子は拳を振り上げ、簑輪屋の奉公人に詰め寄った。

いがみ合う二人を眺める宗春一行の元へ、茶店の亭主が、注文した熱いお茶と香ばしい匂いのする胡麻《ごま》と胡桃《くるみ》だれの五平餅《ごへいもち》を運んできた。

小笹は杉板串に小判状に載せられた名物餅に早速かぶりついたが、宗春はお茶に手を伸ばしただけで、人のよさそうな顔をした亭主に声を掛ける。

訊《たず》ねた宗春の表情がいつもより明るく活《い》きいきとしているのは、この峠を越えた先の宿場奈良井に大きな楽しみが待ち受けていたからである。

尾張藩三代藩主綱誠《つななり》の七番目の男子として名古屋で生まれた宗春は十八歳のとき、中山道を通って初めて江戸へ向かった。このとき、奈良井宿の本陣で地元の娘を抱いた。三菜《みつな》という名の十七歳の娘である。

蟄居謹慎の身でありながら、宗春が危険を冒《おか》して名古屋城三の丸の屋敷を抜け出し、今度の旅に出た目的の一つは、三十余年前に一夜を共にしたこの三菜を訪ねるためだったのである。

「あの二人、御嶽党とか身代金とか何やらわけありげなことを口走りながら怒鳴り合っておるが、どういうことか教えてくれませぬかな」

主人の言葉に不破陣内と薬丸七兵衛が顔を見合わせ小さく頷き合った。

彼ら二人もまた、同じことを聞きたいと思っていたところなのである。

「ようござりますとも」

亭主は話し好きなのだろう。快く応じて語り出した。

御嶽党とは二年ほど前から、この鳥居峠で旅人を襲うようになった賊の一団のことで、賊ども自身の名乗りによると正式には御嶽霊神党という呼び名らしい。

頭数五、六人とされるこの一団は、長年風雪に晒《さら》されて朽ちかけている峠の鳥居を建て直す資金を寄進せよと、旅人に迫り、金銭を巻き上げる。

むろん、これは追《お》い剝《は》ぎの口実で、鳥居造り直しの気配は全くないから、彼らが賊であることに変わりはない。

「襲われた者の数は幾人ほどじゃな」

宗春は五平餅に手を出すのを忘れるほど亭主の話に興味をそそられた顔になっている。

「旅人の中には御嶽党の言葉に疑いを抱かず求められるままに寄進したという信仰心篤《あっ》きおひともいるようなので、確かな数はわかりませぬが、十人前後というところですかね」

「奴らは金銭を奪うだけかな」

「寄進を拒んで殴られたおひとはいるようですけど、それ以上の危害を加えられたという話はまだ聞いておりません」

「鳥居建て直しを口にするだけあって多少の仏心は持ち合わせておるということじゃな」

「襲われた人たちの話を繋《つな》ぎ合わせると、賊どもは無慈悲な極悪人ではなく、女子供年寄りには手荒な真似をしないし、金品を剝ぎ取ることはあっても衣服まで取ろうとはしないなど、存外行儀を心得ておるようです」

「ほう」

「されば、無法者、あぶれ者の集まりではなく、賊はみな、れっきとしたお侍衆ではないかという噂が立っております」

「武家が天下の街道で追い剝ぎをしているというのかね……。ふーむ、聞き捨てならぬ噂じゃのう」

「もっとおもしろい噂も耳に致しました」

「ほう」

「賊を率いてるのは女らしいという噂です」

「えっ、女のひとが山賊の頭目なんですか」

興味深げに聞いていた小笹が目を輝かせ、宗春の顔を窺いながら呟いた。

「いいなあ、わたしも山賊やってみたいな」

娘の聞こえよがしな頓狂《とんきょう》な独り言は耳に入ったはずだが、宗春は苦い顔をしただけで無視し、五平餅に手を伸ばした。

なにか言葉を継ごうとした茶店の亭主の声をかき消す馬子の怒鳴り声が聞こえた。

「番頭のおめえがどう言おうと、簑輪屋の吝嗇は世間の知るところよ。ろくに飯を食わせてもらえねえから、奉公人はみな痩せ細ってやがる。現におめえだって大風がくれば吹き飛ばされるような骨と皮ばかりの躰《からだ》をしてるじゃねえか」

「人聞きの悪いことを言わないでおくれ。奉公人はみな日に三度沢山ご飯をいただいております」

顔を赤くして力む番頭のほうに顎をしゃくった宗春が茶屋の亭主を促した。

「簑輪屋の倅が御嶽党に掠《さら》われ、身代金を求められているというのは、まことの話でございますかな」

「へえ」

亭主は大きく頷いた。

谷間にできた宿場奈良井の住人は山稼ぎと木工品づくりで暮らしを立てている。

木工品には漆塗《うるしぬ》りの重箱、丸盆、膳箱、櫛《くし》、曲物《まげもの》細工の湯桶、割子、柄杓《ひしゃく》などがあり、蒔絵《まきえ》細工の櫛や重箱類は江戸、京、大坂にまで販路を広げ、貧しい山里の奈良井宿に懐豊かな大店問屋を誕生させた。

その一つが簑輪屋である。

間口六間、奥行き十一間、正面は一、二階とも千本格子という堂々たる母屋のほか、二棟の蔵を持つ箕輪屋の建物は宿場の住人を大いに威圧したが、当主作兵衛《さくべえ》の評判はきわめて悪かった。

奉公人たちを安い給銀で、ろくな食事も与えず朝早くから夜遅くまで働かせる。下請けの檜物師、櫛細工師、塗物師などへの手間賃は値切れるだけ値切り、しかも支払いを渋る。できあがった木工品を運ぶ馬子たちへのわずかな駄賃さえも値切る。

つまり作兵衛は彼の商売に関わる全ての者を痛めつけながら、懐を肥やすことに専念する男だったのである。

箕輪屋が人々の恨みを買う存在だったからそうしたのかどうかは判らぬが、ともかく御嶽党は五、六日前に、作兵衛の倅作次郎を拐《かどわ》かし、五百両の身代金を要求してきた。

「ところが、作兵衛は五百両を出し渋っているというわけじゃな」

まだ怒鳴り合いを続けている簑輪屋の番頭と馬子のほうに目をやりながら、宗春は五平餅を口へ持ってゆく。

「出し渋るなんていう生やさしいもんじゃございません。作兵衛は倅より銭のほうが大事なんです。十九にもなって山賊に拐かされた倅が間抜けなんだ。そんな馬鹿息子のために血ヘドを吐く思いをして溜めた銭を出せるものかと怒り狂っておるそうです。誰でも子供はかわいいはずですけど、簑輪屋だけは違うのですねえ」

茶店の亭主は眉をしかめた。

「作兵衛の子供は作次郎のほかにもいるのかな」

「作次郎は二男で、長男作太郎のほか嫁入り前の娘が一人おります。跡取りがいなくなるわけではないゆえ、簑輪屋は掠われた作次郎の命より銭を大事にしようとしているのだと宿場の衆は噂しておるようです」

「しかし、十両出すと言っておるところをみると、多少とも親らしい気持ちは持ち合わせているのかもしれませぬな」

「いえいえ、何もしようとしない作兵衛に、人の親としてあまりにも酷《ひど》すぎるという非難が浴びせられたため、世間体を繕《つくろ》って持ち出しただけで、本気で作次郎を助けるつもりはないでしょうよ」

「簑輪屋に助ける気があろうとなかろうと、この話は聞き流すわけにはまいりませぬな」

宗春は首を曲げて、三人の供の者に返事を促した。

「奈良井宿は尾張藩領でござりますゆえ、確かに何もせぬというわけにまいりますまい」

不破陣内が首を縦に振って応じると、千村平四郎も無言で頷き、薬丸七兵衛は陣内にだけ聞こえる小声で、

「十両稼げるのなら、文無しのわれらにとっては願ってもない話、見逃す手はないわな」

と呟いた。

茶店の様子を窺っていた風谷兵馬は大きな舌打ちをした。

「あの小娘、二本目の五平餅も平らげてしまいおったぞ。けっ、食い気は娘だけではなく、爺さんも、もぐら共も、意地汚く田舎餅に喰らいついておる。おれに手足を斬り落とされたら餅どころではなくなるゆえ、せいぜい今のうちに食うておくがよい

わ」

「風谷殿、その爺さんというのはおやめなされ。たとえ公儀をないがしろにする所行をなされているお方とはいえ、徳川のご一門、尾張藩の前の藩主だったお方、口を慎みなされ」

叱りつける女の背後から首を伸ばして茶店を見下ろした野首長五郎《ちょうごろう》が喉をぐびりと鳴らして呟く。

「焼き立ての五平餅か。うまそうに食うておるのう。われらも後ほど食べに行くことにするか」

「ああ、そうしよう。小腹がすいておるゆえ、わしは少なくとも二本食べるぞ」

野首の横に立ったのは袈裟丸甚左右衛門《じんざえもん》である。

「われらは、二百四十余の諸侯が恐れをなす天下の公儀隠密でござりますぞ。五平餅を食べるとか食べないとか、もう少しましなことが言えぬのですか」

あざみは柳眉《りゅうび》を吊り上げる。

「しかし、焼き立ての五平餅の味は格別ゆえ……」

「お黙りなされ。大の男が五平餅、五平餅とまったく情けない。食べ物のことは忘れて命じられた役目をどう果たすかを考えたらどうなんです」

「さよう、一刻も早く、あのもぐら同心どもを斬り捨てましょうぞ。なんなら今から茶屋まで降りて行って始末してもよろしゅうござりますぞ」

「風谷殿は口を開けば、斬る斬ると申されるが、血を見ずともわれらの役目は果たせまする」

「あざみ殿の申されるとおりよ。できるなら血など流さぬほうがよい」

野首の言葉に仲間の袈裟丸と乙狩は頷いたが、風谷は三白眼を剝き、鼻先で嗤い飛ばした。

「ふん、そのようなことを言うておるゆえ、らちがあかぬのだ。伊賀組が大したことのないのは承知しておったが、ここまで弱腰とは思わなんだわ」

「なにっ、若造、聞き捨てならぬことを申しおったな。天下の伊賀組が根来の鉄砲担ぎ如きにどうこう言われる筋合いはないわ」

気色《けしき》ばんだ乙狩が風谷のほうに詰め寄ろうとするのを、野首と袈裟丸が引き留める。

男たちを睨んで舌打ちした女が何か言おうとしたとき、宗春の一行が茶店の床几から腰をあげた。

「さ、後を追いまするぞ」

叱る言葉を呑み込んだあざみが男どもを促す。

「五平餅を食べにゆかぬのか」

野首長五郎が未練がましい声を出した。

「まだそんなことを」

あざみは動こうとしない男の背中を拳でどんと突いた。

馬子と草笛

峠を東の奈良井宿に向かって下る坂は、馬に乗って進むのが難しいと言われるほどの急勾配《きゅうこうばい》が多い。

ところが、千村平四郎の先を歩く小笹の足取りは軽やかで、しゃべりかけてくる声も弾んでいる。

「平四郎様、あの鳶《とんび》、さっきから同じところをぐるぐる回っておりますけれど飽きないんでしょうかねえ」

娘は澄み渡った青空を見上げて言った。

「鳶が空を舞うのに飽きていたのでは商売になるまいよ」

男はぶっきらぼうに応じる。

「商売って何の商売なんですか」

「餌探しさ。蛙に蛇、蜥蜴《とかげ》などをああやって舞いながら探しておるのよ」

「ふーん、鳶は蛇や蜥蜴を食べるんですか」

「魚も食べるぞ。釣り仲間から、釣った魚を鳶に掠《さら》われたという話は随分聞いておるからな」

「ずるい鳥ですね」

「いや、掠われる人間が間抜けなのさ。おれは鳶が好きだよ。ああやって大空を悠々と舞っている姿は実に堂々としてるし、美しいじゃないか」

「蛇や蜥蜴を食べる鳥なんて薄気味悪くて好きになれません。怖いじゃないですか」

「人間を食べるという話はまだ聞いたことがないゆえ安心してもよいぞ」

「ばからしいことを言わないでください」

振り返って娘は右手を振り上げ叩く真似をした。

宗春一行から二人だけが離れて歩くことを求めたのは不破陣内である。

簑輪屋の倅作次郎を御嶽霊神党から救い出す早道は、まず彼ら山賊どもと接触することだ。手っ取り早く接触するにはこちらを賊どもに襲わせればよいということになるが、一行五人が揃って歩いていたのでは敬遠されるおそれがあるゆえ、宗春、陣内、七兵衛の三人と平四郎、小笹の二人の二手に別れて峠を下ることにしよう――

というのが陣内の提案だった。

宗春は例の三菜と逢えるやもしれぬ奈良井宿に一刻も早く着きたいと思っていたか

ら、男どもは誰も異議を唱えなかったが、小笹は渋った。

「平四郎様は不親切だし、優しいところがないから厭《いや》です」

と言うのだ。

「ならば……」

自分か七兵衛を選べと陣内が代替案を出すと、これにも首を横に振る。

宗春と小笹の組み合わせは賊に襲われたとき心もとない。

陣内が困惑顔をすると、娘は結局渋々ながら、平四郎と歩くことを承知した。

こうしたいきさつがあったにもかかわらず、小笹は下り坂だからもう駕籠は要らぬと言い出したばかりでなく、平四郎と二人きりになると、急に浮き浮きした態度に変わり、上機嫌で歩き出した。

先に奈良井宿に向かった宗春や陣内たちが彼女の変わりようを見たら、間違いなく呆れるに違いない。

よほど気分がいいのだろう。小笹は無意識に童唄を口ずさみ始めた。澄んだきれいな声である。

その彼女が足を止めて振り返ったのは、平四郎が木の葉を唇に当て、草笛を鳴らしたからだ。

「いい音色ですね。それは何の葉ですか」

娘は平四郎の口元を指差した。

「藪柑子《やぶこうじ》だ」

「その葉は草笛に向いてるみたい」

「草笛にできる木の葉は沢山ある。樫《かし》、椎《しい》、楠《くすのき》、白だも、藪肉桂《やぶにっけい》なども幼木の葉なら使える。姫榊《ひさかき》、藪柑子は成木の葉でもかまわない。表がつるつるで薄くて丈夫な葉なら、たいてい音が出る」

「わたしも吹いてみたい。教えてくださいまし」

「女が口笛や草笛を吹くのはあまり見栄《みば》えのよいものではない」

「小さな頃、口笛を吹くと、母からも行儀が悪いと叱られましたけど、なぜ行儀が悪いのか今でも判りません。見栄えなぞかまいませぬゆえ、教えてくださいまし」

小笹は平四郎の袖を摑んで左右に揺するような仕種をした。

「うるさい娘だな。教えてやるから、その手を離せ」

後方からやってくる旅人が冷やかすような薄笑いを浮かべているのに気づき、平四郎は渋々承知するしかなかった。

山道脇の茂みの中から姫榊の葉をむしり取って小笹に与える。

「葉の裏を自分のほうに向けて唇に当てるんだ。そうじゃない。軽く葉をくわえるようにして口に当てるんだ」

「こうですか」

小笹は形のいい唇を突き出し、葉を当てる。

「下唇には密着させ、上唇は軽く触れる程度でいい」

「こうですか」

「ああそれでいいから、吹いてごらん」

小笹は懸命に葉を鳴らそうとするが、うまく音が出ない。

「ほっぺを膨らませるな。ほら、肩の力を抜くんだ。だめだめ、そんなに力まないで軽く吹くんだ」

平四郎は相手の肩を叩いただけでなく、白い頰を指先でつついた。

「もっと優しい教え方ができないんですか」

頰をつつかれた娘は声を張り上げて抗議する。

「優しく教えてやっておるではないか」

「いいえ、平四郎様は乱暴で、不親切です。だから、わたしは嫌いなんです」

小笹はつんと顎を反らせ、横を向いた。

と、二人の後方で不意に笑い声がした。

「若いもんの痴話喧嘩は悪かねえけど、見せつけがましく天下の街道でやることたあねえぜ」

にやついている声の主は峠の茶屋で簔輪屋の番頭と派手にやり合っていた馬子だった。

荷を載せた馬の手綱を握っている。

平四郎たちが発つときはまだ番頭と怒鳴り合っていたが、どうやらそれなりに決着をつけてきたのだろう。

「痴話喧嘩なぞではありません」

小笹が馬子を睨んだ。

「へえそうかい。おめえさんたちはどう見ても、ただの仲じゃねえ。そうした二人の喧嘩を世間じゃ痴話喧嘩って呼ぶのさ。喧嘩のもとはナニかい。通りかかったよその男に色目を使ったとか何とか、そこの間抜け面が焼き餅を焼いたので、身に覚えのないおめえさんが腹を立てたんだろう」

「そんなんじゃありません」

「男の悋気《りんき》じゃねえとすると、アレだな。おめえさんが脚が痛むから歩けないと言うのにそこの間抜け面が我慢しろと無理強いをするので腹を立てたんだろう。見たところ、おめえさんは大店の娘さんで、手代のそいつが供の者というところだな。好いて好かれて手を取り合っての駆け落ちだとするとあまり銭は持ってねえのかもしれねえけど、この鳥居峠は女の足で越せるほどやわじゃねえ。馬か駕籠を雇いなせえ」

「わたしの脚は痛んでいませんし、わたしたち二人は駆け落ちしているわけでもありません。あまりいい加減なことを言わないでください」

憤然として馬子を睨む小笹はまぶしいほどの器量である。この娘は怒ると目がきらきらと輝き、ひときわ美しくなる。

「ふーん、男の悋気でもないし、脚が痛むのでもないとすると……、わかった。それじゃアレだな」

「馬方の旦那よ」

二人のやりとりを黙って聞いていた平四郎が、また何かしゃべり出そうとする馬子を遮《さえぎ》った。

「おまえさんの頭と口がよく回るのは判ったゆえ、それくらいにしておけ。この娘が怒っているのは、おれの草笛の教え方が気に入らないからだ」

「ふん、主筋のおひとを、この娘と言うところを見ると、やはりおめえさんたちはできてるな」

馬子はにやりとして、小笹の顔を覗きこむようにした。

「できてなんかいません。わたしはそのひとが大嫌いなんです」

「そうかい、そうかい。嫌いだろうとも、大いに嫌いだろうともさ」

嬉しそうな顔で二人を見比べた馬子は平四郎のほうに向き直って言った。

「草笛を教えてると言ったけど、おめえさん、草笛が吹けるのかい」

「吹けぬでもない」

これ以上はないと言えるほどの無愛想な応じようだった。

「ふん、吹けぬでもないだと。春、秋は言うに及ばず、肌の焦げる夏も手足の凍る冬も街道を往来してるおらたち馬子の前で、偉そうな口をきいてもらっては困るな」

「そなたは草笛が吹けるんですか」

「吹けるんですか、だって」

馬子は、疑わしげな顔をした小笹を睨んだ。

「草笛の吹けねえ馬子なんぞ、この街道にはいねえ。その馬子たちの中でも、おらの草笛は天下一品と言われてるんだ。自慢じゃねえけどな、おらの草笛を聴いて涙を流した旅の衆は一人や二人じゃねえ」

「ほう、それほどの草笛なら、ぜひ聴かせてもらおうではないか」

平四郎は真顔で言った。

「わたしも聴きたい」

すかさず小笹も続いた。

「聴きてえのなら聴かせてやらねえでもないが……」

と応じた馬子は親指を獅子鼻の片方にあてがった。

「おい、手鼻はよせ」

平四郎が声を掛けたときはもう遅かった。まるで水鉄砲のように鮮やかに鼻汁を街道に飛ばした男は節くれ立った指先を、己の半纏《はんてん》の端に擦りつけた。

「まあ、なんて人でしょう」

小笹は眉をひそめ横を向いてしまった。

首を伸ばして街道脇の茂みを眺め回した馬子は見付けた姫榊の葉を一枚ちぎり取る。

汚い舌を出し、葉の表面をぺろりと舐《な》めて濡らすと口へ持ってゆき、前方に顎をしゃくると、手綱をひいて歩き出した。

馬子が草笛を吹くのは馬をひくときなので、いつもと同じようにするつもりなのだろう。

平四郎と小笹は顔を見合わせ、頷き合うと、馬の後に従って坂道を下ることにした。

蹄《ひづめ》の音がぽっかぽっこと峠を下り始めた。澄み切った青空の下の山道を彩る銀色の薄《すすき》の穂が、谷間から吹き上げてくる涼風に揺れていた。

やがて、馬子の草笛が鳴り出した。

ゆったりとした旋律は妙に懐かしい音色であり、どこかもの哀しい調べでもあった。

「小諸《こもろ》馬子唄だな」

平四郎が小声で呟いた。

「きれいな音色ですね」

小笹が感嘆の吐息を漏らした。

馬子は馬の蹄の音を伴奏にして延々と草笛を吹き続けた。

単調な旋律の繰り返しであったが、手鼻をかんだ男と同一人物が奏《かな》でているとは到底思えぬ美しい音色であり、聴く者の胸を揺さぶる深みのある調べだった。

「わたし、なんだか泣きたくなってきました」

平四郎に囁《ささや》いた小笹の目は潤んでいた。

「ああ、見事な音色だな」

頷いた男の目は彼方の山並みに向けられている。

「亡くなった母と嫁いだ姉と三人で春の川土手で土筆《つくし》摘みをしたことを想い出しました」

袖先で目元を拭った娘は鼻をすすり上げた。

「土筆か。あれは、あまり旨いものではないな」

「食べる話をしているのではなく、母と姉と三人で土筆採りをしたと申し上げている

のです。それに、桜の散る頃に摘んだ土筆を茶碗蒸しや佃煮にすると、歯ざわりがと

てもよくて本当に美味しいのを知ってますか」

「……」

平四郎は分かったというように頷き、指先を唇の先にあてがい、おしゃべりは後に

して、もう少し馬子の草笛を聴こうではないかと目配せをした。

異存はなかったのだろう。小笹は首をこくと縦に振り、口を閉じた。

草笛の音に応えているのだろうか。頭上を舞う鳶がヒューヒュルルーンと長閑《のどか》に鳴

く。

草笛と鳶の鳴き声が微妙に混じり合って木魂《こだま》となって返ってくる。

やがて、馬子の草笛は終わった。

平四郎と小笹は力一杯手を叩いた。

「見事なものだ。確かにおまえさんの草笛は天下一品だな」

立ち止まってこちらに顔を向けた馬子に、平四郎は笑顔で声を掛けた。

「あまりに美しい音色なので、わたしは泣いてしまいました」

小笹は濡れた頬を手の甲で拭ってみせた。

「今日は鼻風邪ぎみなんで本調子じゃねえ。いつもなら、もっと良い音が出せるんだけどな」

謙遜《けんそん》なのか自慢なのか、こう言った馬子はまたも派手な音をたてて手鼻をかんだ。

「小諸馬子唄のほかにも吹ける調べがあるのか」

「こもろ馬子唄？」

平四郎の問い掛けに馬子は首を傾げた。

「いま吹いたのは小諸馬子唄じゃないのか」

「死んだおやじに教えてもらっただけで、何の唄か知らねえよ」

「なるほど、小諸馬子唄でも鈴鹿《すずか》馬子唄でも草笛に名前は要らぬな」

「草笛を聴くと、どうして哀しくなるのでしょうね」

小笹の目はまだ潤んでいた。

「それは、この峠のせいさ」

再び手綱をひいて歩き出した馬子は振り返って応じた。

「幾度も合戦の場となったこの峠には沢山の武者、雑兵が眠ってるそうじゃ。とくに武田信玄《たけだしんげん》様と木曾義康《きそよしやす》様、それに武田勝頼《かつより》様と木曾義昌《よしまさ》様との合戦が知られておるけんど、もう少し坂を下ると、葬《ほうむ》り沢《ざわ》と呼ばれてる場所が見える。そこはな、この二つの合戦で討ち死にした武者が何百、何千と葬られている場所じゃ。この峠で眠っておるのは人だけじゃねえぜ。街道のあちこちに馬頭《ばとう》観音があるのに気付いたはずじゃが、あれはみな重い荷を載せて峠越えをする途中あえなく息絶えた哀れな馬たちを悼《いた》んで建てられたものよ」

「おまえさんはこの峠について随分詳しいな」

「詳しくなくてどうする」

感心した平四郎の声に、馬子は怒ったような顔で言った。

「雨の日も風の日も、三十二年間、馬っこの手綱をひいて往来してる峠だぜ。知らねえことは何もねえさ」

前を向いて進む馬子は肩を怒らせた。

「ほう、三十年も往来してきたのか」

「三十年じゃねえ。三十二年だ」

「何でも知ってるというのなら教えてもらいたいことがあるが、厭《いや》だとは申すまいな」

「おめえはどうも耳障《みみざわ》りな口のききようをするな。いったい何様のつもりだ。ははあ、おめえ、町人の身なりをしてるけど侍だな」

振り向いて平四郎を睨んだ。

「まあ、そんなところだ。口のききようが気に入らぬのなら頭を下げる。悪気があってのことではないゆえ勘弁してくれ」

「きれいな娘の手前、意気がるんじゃねえかと思ったけど、おめえさま、えらく素直だな。よしっ気に入った。この街道じゃあ、町人に化けた侍なぞ珍しくもねえから、そんな身なりをしてる理由《わけ》は訊くめえ。で、教えてくれと言いなさったが、何が知りてえんだ」

「御嶽党という山賊のことだ」

「御嶽党の何が知りてえかわからねえが、訊いてどうなさる」

「どうしてほしい」

「ふん、退治してくれと頼んだら、承知したと答えるつもりかい」

「まあそうだ」

「口だけなら鬼でも物《もの》の怪《け》でも退治できるからな」

「実のところを申すと、こうして若い娘連れでわしが峠を下っておるのは、御嶽党に襲われやすいようにするためだ」

小笹が、そうなんですと言うように頷いてみせる。

「なるほど、それで駆け落ちみてえにつるんでるわけか。茶店で見かけたときは他に爺さんと手代風の連れがいたのに、なぜ二人きりになってしまったのか首を捻っていたところよ。ふーん、御嶽党に襲われやすいようにな……。たいした度胸だと褒《ほ》めてえところだが、何のために危ない真似をしなさる」

「天下の街道で追い剝ぎを働く者どもを黙って見逃すわけにはいかぬと申したいところだが、ま、ただの物好きよ」

「御嶽党は物好きで始末できるほどの相手じゃねえぜ」

「そう申すところをみると、御嶽党のことは多少知っておるな」

「おらあ遭ったことがある」

「ほう」

「今年の春の話よ」

馬子はかっと喉を鳴らして痰《たん》を吐き、さらにこれまたひどい音をたてて手鼻をかんだ。

山賊御獄党

五人の男女の手足や顔は茨《いばら》や熊笹をかき分けて歩いたせいで、ひっかき傷だらけになっており、野首長五郎のように伊賀袴に大きな鉤裂《かぎざ》きをつくってしまった者もいる。

宗春一行より先に峠の茶屋を後にした彼らは、急いで坂道を下り、街道脇の茂みにもぐり込んで、やってくるはずの相手を襲う機会を待った。

ところが、最初に姿を見せた宗春と陣内、七兵衛の三人の後方には、伊勢講《いせこう》の一団が続いていたため、手出しできなかった。

宗春たちが二手に別れたことを知らない公儀隠密は訝《いぶか》しみながら残りの男女ふたりの姿を探した。

じれて街道に目を凝らす彼らの視界にやがて入ってきたのが、馬をひく馬子と何かしゃべりながらやってくる千村平四郎と小笹の姿だった。

「ふん、のこのことやってきおったぞ」

最もじれていた風谷兵馬が唾を吐き捨てて呟いた。

「あの二人、なんでこんなに遅れてきたのでしょう」

あざみが舌打ちをした。

「野暮なことを言いなさんな。若い男と女じゃ、わざとはぐれたふりをして二人きりになったに決まっておりますわい」

「野首殿の言うとおりだな。随分遅れてきたところからすると、あの二人はどこぞの茂みの中で乳繰り合ってきたに違いない。口など吸い合ってな。ひひひ……」

「袈裟丸殿、その下品な笑い方はおやめなされ」

「あざみ殿とて、好きな男と口を吸い合ったことがござろうが。ふひふひふひ……」

「汚らわしいことを申されまするな。中年男はどうしてそうも厭らしいことしか考えぬのでしょう」

「男と女が仲ようなるのは汚らわしいことではござらぬぞ」

「わたしは、男なぞ嫌いです。余計なことを言う暇があったら、此度の役目をどう果たすか考えなされ」

「ことさら面倒なことを考えずとも、あの二人を斬ればよかろうが。いまなら造作なく始末できますぞ」

風谷兵馬が大刀の柄を叩き、あざみの顔を見た。

「そなたは斬ることしか考えぬのですか」

「わしのこの刀は伊勢国は千子村正《せんごむらまさ》の鍛冶《かじ》によるもの、しばらく人の血を吸っておらぬゆえ、夜泣きしおるのでござる。あの二人を斬らせてくれぬかな」

「なりませぬ。二人だけならかまいませぬが、馬子と連れ立っているではありませぬか」

「あのような薄汚い馬子は一緒に斬り捨てればよい」

「理不尽なことを申されますな。あの馬子にも妻子がおりましょう。公儀の者が罪なき民の血を流すことは許されませぬ」

「あざみ殿が杓子定規《しゃくしじょうぎ》で融通がきかぬのは、男を知らぬせいだな。のう、袈裟丸、そう思わぬか」

野首が朋輩に小声で言った。

「いかにもその通りじゃ。いい歳をして男を知らぬ女は始末が悪い」

「野首殿、袈裟丸殿、聞こえておりまするぞ。そなたたちにはもう我慢なりませぬ。江戸へ帰っていただきまする」

あざみの顔は怒りで紅潮しており、耳まで赤くなっている。足元の枯れ枝を摑んで二人目がけて投げ付けた彼女は本気で腹を立てているようだ。

「悪気のない軽口ゆえ聞き流してくだされや」

女の剣幕に驚いた野首が狼狽して二度三度と頭を下げる。

「いいえ、聞き流すわけにはまいりませぬ。無礼で役立たずの男どもには即刻江戸へ帰っていただきまする」

「袈裟丸、乙狩、黙っておらず、美しくも心広き頭領あざみ殿に頭を下げぬか」

「しっ、その汚い口を閉じなされ」

女がわめく野首たちを制したのは、街道をゆく馬子と二人の男女が茂みの真下にやってきたからだ。


「遭った？　おまえさんはこの街道で御嶽党に出会ったのか」

千村平四郎の視線は人声のした茂みのほうに一瞬注がれたが、すぐに馬子のほうへ向けられた。

「出会ったとは言えねえな。あの日、この坂をもう少し下ったあたりで、急に雉《きじ》を仕留めたくなって、おらあ、馬っこを道端の木に繫ぎ止めて山の奥の方に入って行ったのさ」

「あら、馬方さんは雉を獲ることがあるんですか」

小笹がのんびりした声を出した。

「ああ、獲るともさ。日に一度はやらかしてるぜ」

「ふーん、日に一度ずつ……、でも獲れないときもあるんでしょう」

「いや、よほどのことがないかぎり、そんな日はねえな」

「腕がいいんですね」

「腕がいいのかどうか知らねえが、たいていは仕留めるさ」

振り返った馬子と平四郎の目が合った。二人の顔は笑いを噛《か》み殺していたが、小笹は気付いていていない。

「楽しいでしょうね」

「別に楽しかねえけど、ほっとするのは確かだな」

「楽しくないはずはないでしょう。もし大物が獲れたら、わたしは小躍りして喜びます」

「小躍りはしねえけど、大物が獲れたときはおれだって悪い気はしねえさ。ああ、悪い気はしねえとも」

言い終わった馬子が急に背を丸め、急に笑い出した。

「ははは……、大物ときなすったか、くくく……、ああ苦しい。腹がよじれる。鼻水が止まらねえ。ひひひ……」

「何がそんなにおかしいんですか。雉の大物が獲れたら誰だって嬉しいでしょう」

「その大物という言葉はやめてくれ。ひひひ……、おらあ、このままだと笑い死にしてしまうぜ。娘さんよ、育ちのいいおめえさまには通じなんだようだが、雉というのは……つまり……」

「待て、それ以上言うな」

平四郎が慌てて止めた。

「おれが説明する。釣り人も使う言葉だが、野山や川原で雪隠《せっちん》に代わる場所へ行くことを、雉を仕留めに行くと言うんだ」

「えっ」

驚きの声をあげた小笹は顔を真っ赤に染めて俯《うつむ》いてしまった。

「大物とは恐れ入ったぜ。ひひひ……、なんでこんな話になっちまったのかな。そうそう、おらあ、御嶽党に遭った日のことをしゃべろうとしてたんだ。つまり、用を足し終えて、アレに都合のいい柔らかな木の葉を探していたとき……」

「たわけ、そこのところは端折《はしょ》って申せ。つまらぬことは詳しく話さずともよい」

馬子を叱った平四郎の視線は、泣き出しそうになっている小笹の横顔を捉えていた。

「そう言われても話の続き具合というものがあらあ。それでだ。柔らかな木の葉を探してたとき、足音と人声が聞こえたのよ。山つつじの茂み脇にしゃがんでたおらあ、ひと様に見られたとき胸の張れる恰好ではなかった」

「端折って話せと申したはずだぞ」

「いちいちうるせえな。おらが頭を低くして隠れていると、五人の男がすぐ近くにやってきやがった。奴らの一人が顔をしかめ、鼻をひくひくさせやがったんで、おらあ、まずいと思った。野郎はこちらの雉の臭いを嗅ぎつけおったのよ」

「余計なことは申すな。肝心なことだけ話せ」

「話の段取りというものがあるんだ。黙って聞いてくんな」

「困った奴だな。ま、よいわ。先を続けろ」

「肝を冷やしたけど、幸い、野郎はほかの仲間同様に忙しかったんで、おらのほうにやってくることはなかった」

「忙しかったとはどういうことだ」

「野郎どもはみな、あたふたと着替えを始めたのよ」

「ほう」

「最初に茂みに入ってきたときの野郎どもは、手拭いで頰被《ほおかむ》りをし、腰に山刀をさげた、このあたりの山でよく見かける樵夫《きこり》のような姿をしておった。ところが、木の洞《うろ》か岩の下にでも隠してあったに違いねえ衣装に着替えると見違えるような姿になりやがったのよ」

「どんな姿だ」

「野袴に二本差し、頰被りの下は侍髷《まげ》さ」

「つまり、五人の男たちはみな侍だったということだな」

「ああ、間違いねえ。野郎どもは何やら言葉を交わしておったけど、あれは正真正銘の侍だったな。それも浪人衆ではなく、どこかのれっきとした藩士と見たぜ」

「主持ちの侍が追い剝ぎをするとは考えられぬことだな」

「おらあ、街道を行き来する商売柄いろんなお侍を見てるけど、食うや食わずで旅をしてる哀れな主持ち侍を随分見てきたから、お侍が追い剝ぎをしたとしても驚かねえぜ。ただな、あの五人は粥《かゆ》も啜《すす》れねえ貧乏侍ではなく、かなり身分のある侍衆だったはずじゃ」

「なぜ、そう思ったんだ」

「だって、野郎どもは、着替えの衣装だけではなく、馬も隠してたんだぜ」

「五人は馬を使っていたのか」

「ああ、手入れの行き届いた上物の馬に乗って街道を奈良井の方へ下って行ったぜ」

「うーむ」

平四郎は顎を撫で、考えこんでしまったが、すぐに気を取り直したような表情になり、馬子に声を掛けた。

「まだ肝心なことを聞いておらぬが、その五人が御嶽党だということはどうして判ったのだ」

「奴らの話の中身から、峠近くで追い剥ぎをやってきたばかりだということがわかったのさ。野郎どもの一人が、あの商人に顔を憶えられたような気がする。殺すべきだったかもしれぬな――と言うのを聞いて、おらあ、ぞっとしたぜ。こちらも見つかったら殺されかねない上、なにせ春先の冷てえ風の中、尻を丸出しにしてたからな。ガタガタ震えながら、おらあ考えた。尻丸出しで斬り殺されるのだけは御免だとな。女房子供に顔向けができねえし、世間の嗤いものにもなる。鉄五郎《てつごろう》の野郎は雉を撃ってる最中に斬られてくたばったそうじゃと、孫子の代まで嗤いものにされるぜ」

「おぬし、鉄五郎という名なのか。立派な名を持っておるな」

「別に立派じゃねえけど、この街道筋の馬方仲間では少しは知られた名さ」

照れ隠しのつもりなのか、馬子は顔をしかめる平四郎と小笹を無視して手鼻をかみ、痰を吐き捨てた。

「いや、男らしい立派な名だ。ところで鉄五郎殿よ、おぬしはその五人の顔を憶えているだろうな」

「ああ、肝を冷やしはしたけど、おらあ女子供じゃねえ。野郎どもの顔はしっかり頭に叩き込んでおいたぜ」

「さすがだな。で、どんな連中だった」

「頭目は細身の優男《やさおとこ》だったぜ」

「ほう」

「歳は二十歳前だろうな」

「若いな」

「ほかの野郎どもの口のききようからすると、それなりの身分と見当をつけたが、前髪を落としたばかりの青侍よ」

「それなりの身分？」

「つまり、おめえさんのように町人姿で、わけのわからねえ爺さんの供をするんじゃなくてさ、人から仰がれる立場らしい侍だったということよ」

「実にわかりやすい説明だな」

平四郎は苦笑して頷いた。

「しかし、主持ちの侍、それも身分のありそうな侍が追い剝ぎとは、どうも解《げ》せぬな」

「おらの話を疑ってるんじゃあるめえな」

「いや、疑ってはおらぬ。ただ信じがたいことだと申しておるのだ」

「もっと信じがたい話を聞かせてやるぜ。仲間にこの件をしゃべたら、野郎は同じ日に馬に乗った五人の侍が、どこぞの姫君のような飛び切り美しい女に叱りつけられているところを見たと言うんだ。仲間の話が本当なら、御嶽党の頭目は青侍ではなく、その女ということになるぜ」

「頭目が姫君？　ますます信じがたい話になってきたな」

「わたし、御嶽党に遭ってみたいなあ」

小笹が呟いた。男たちとはもう一切口をきかぬという顔をして歩いていた娘の目は好奇心に輝いている。どうやら先刻の馬子の尾籠《びろう》な話を一瞬忘れてしまったらしいが、平四郎の問い掛けに応じた無神経な男がすぐにそれを思い出させることになった。

「鉄五郎殿よ、おまえさん、その五人の侍を目にした場所を憶えてるだろうな」

「あの日、雉撃ちをした場所のことかい」

「若い娘がいるんだ。その言葉はもう口にするな」

平四郎は舌打ちをした。

「その言葉って、雉撃ちのことか」

「わざとらしく念を押すな。御嶽党を間近に見た場所を憶えているかどうかを答えるだけでよいのだ」

「ああ、憶えてるぜ。この坂をもう少し下ったところに立ってなさる鼻の欠けた地蔵様の頭の上に枝を張り出した松があらあ。そこから熊笹を分けて入ると……」

「口で説明されてもわからぬゆえ、その場所に着いたら教えてくれ」

「教えてやるけど、まさかおめえさん、腹が渋ってきたので、そこで雉を……」

「いい加減にしろ。御嶽党に逢えるやもしれぬから行こうとしておるのだ」

「なんだって」

「おぬしが五人の男を見た場所は、奴らがいつも着替えや馬を隠しておくため使っているところかもしれぬではないか」

「なるほど、しかし、御嶽党が追い剝ぎを働くのは多くても月に一、二度程度だぜ。仮にあの場所が野郎どもの着替え場所だとしても、よほど運に恵まれねえ限り、出遭うわけにはいかねえだろうな」

「それは承知の上だ。ともかく案内してくれ」

小笹が平四郎の言葉に大きく頷いてみせたのは、彼女も御嶽党の着替え場所に興味をそそられているからに違いない。

「念のため訊いておくけど、もし御嶽党に出逢ったら、どうするつもりでえ」

「退治するさ」

「先刻もそう言いなすったが、正気かい。とても勝ち目があるとは思えねえな」

「平四郎様はとても強いから大丈夫です」

小笹が自分のことのように胸を張った。

「ふん、若い娘は惚れた男を買いかぶるもんさ」

振り向いた鉄五郎はにたりとして、こちらに痰を飛ばした。

「こんな人、大嫌いだと言ってるでしょう」

小笹が平四郎を指差し抗議の声をあげたが、鼻先で嗤って娘をいなした馬子は、前方の地蔵のほうに顎をしゃくり、大声で、

「おらが雉を撃った場所はあそこから入るんだぜ」

と言った。

吝嗇大尽

「で、馬子が教えてくれたその場所に入ってみたのか」

横になって小笹に腰を叩かせる宗春は気持ちよさそうに目を細めている。険しい鳥居峠越えが五十過ぎの宗春には相当こたえたのだろう。奈良井宿の入り口で平四郎たちを待ち受けていた前《さき》の尾張藩主は、小笹の顔を見るなり、宿に着いたら足腰を揉んでくれと声を掛けてきた。

例の三菜のことを忘れていたわけではなかろうが、昔の女の消息より、まずは痛む足腰をと考えたのだろう。

「ええ、入りました。樵道《きこりみち》もない茨と熊笹と八重葎《やえむぐら》のひどい茂みをかき分けて入りました」

訊かれた平四郎が口を開く前に小笹が答えた。

「その日、馬子は何のため、樵道もないようなひどい場所に分け入ったのじゃ」

「さあ、何のためでしょう。訊かなんだゆえ判りませぬ」

笑いを噛みこらえて下を向く平四郎を横目で睨みながら小笹は首を傾げてみせた。

陣内と七兵衛が顔を見合わせて、にたりとしたのは、おおよその見当をつけたから
に違いない。

「もう少し力を入れて叩いてくれ。あたたた……、それでは強すぎる。そちは手加減
というものを知らぬのか」

「こうでございますか」

「それでは弱すぎる」

「これなら如何《いかが》です」

「いたたた……、小笹、そちはわしの腰の骨をへし折るつもりか」

「まあ、大袈裟なことを……、あまり注文をつけると叩いてあげませぬ」

「邪険なことを申すな。で、八重葎の奥はどうなっておった」

「平らな場所が開けていたので意外でした。草木が人や馬に幾度も踏まれた跡が残っ
ていましたから、あの馬子の話に偽りはなかったと思います」

娘は少し興奮気味に語る。

「つまり御嶽党が使っていた場所だったということじゃな」

「ええ、着替えに使ったと思われる木の洞や馬を繋ぎ止めた跡らしい樹皮の剝けた

檜《ひのき》の枝も見付けましたから間違いありません」

「とすると、そこに潜んでおれば御嶽党をとっ捉《つか》まえることができるというわけじゃな。のう、平四郎、そうであろうが」

「さようでござります」

「ならば、明日にでも出掛けて、その場所に潜み、賊どもを捉まえてこい。あてて……」

宗春が悲鳴をあげたのは、腰を叩く小笹の拳が勢いよく打ち下ろされたからだ。

悲鳴をあげる宗春に、小笹は馬子から聞いた話を伝え、その場所で待っていても、よほどのことがない限り、御嶽党には遭えないはずだと言った。

おしゃべり好きの娘はなかなか頼りになるようだ。

峠の報告はまかせてもいいと思った平四郎は、陣内と七兵衛に目配せをして腰をあげた。

夕飯まではまだ間がある。

三人は路銀稼ぎのため足を運ばねばならぬ先があった。

信濃《しなの》国筑摩《ちくま》郡の奈良井宿は、両側から山壁が覆い被さる谷間にできた宿場である。本来なら人家が集まるような場所ではないのだが、難所鳥居峠が西に控えているため、俗に「奈良井千軒」とうたわれるほどの賑わいをみせる宿駅として発展し、東西七町余りに渡る通りの両側には旅籠や茶店、膳椀、弁当箱、曲物、櫛などの木工品や笊《ざる》、籠などの竹細工をひさぐ店が軒を連ねる。

木工品などの奈良井の名産品を商う問屋簑輪屋の建物はこうした通りの中ほどに建っていた。

「噂どおり銭を貯め込んでいそうな構えだな」

建物を見上げた陣内は腕組みをしたまま、両脇の平四郎と七兵衛に声を掛けた。かなりの建造費をかけたと思われる卯建《うだつ》に蔀戸《しとみど》、見事な材木を惜しみなく使ってある出梁《でばり》造りの家である。

「念を押しておくが、簑輪屋に入ったら、わしは尾張の材木問屋六角屋の番頭で、おぬしたちはわしに顎で使われる身の手代だ。七兵衛、平四郎、聞こえておろうな」

「ふん」

陣内の言葉に七兵衛が不服顔で鼻を鳴らした。

「番頭扱いをするのはかまわぬが、さっき申したことを忘れまいぞ」

陣内は、二人の朋輩に、六角屋の番頭に化けて箕輪屋から少なくとも「二十両の銭は出させてみせる」と約束した。

相手は吝嗇で名高い男、それは無理だと――七兵衛が言うと、陣内は嗤って「二十両が無理なら三十両出させてやるゆえ、よく見ておけ」と応じた。

「さ、入るぞ」

二人の肩を叩いた陣内は足を踏み出そうとした。

「待て、どんな話の運びで簑輪屋から三十両をむしり取るのか、まだ聞いておらぬぞ」

「七兵衛、人聞きの悪いことを申すな。むしり取るのではなく。儲《もう》け話に乗ってもらい、喜んで出しますと差し出す銭を頂戴するのだ」

「儲け話？　御嶽党に掠われた倅を取り戻す礼金として貰うのではないのか」

「吝嗇で鳴らす男から銭を出させるには儲け話に乗せるしかないわ。ま、話の運びのほうは、すご腕骨董屋で知られるこの不破陣内様にまかせておけ」

再び七兵衛の肩を叩いた男は、平四郎に目配せして簑輪屋の玄関戸口に向かった。

陣内は土間を掃いていた小僧に、尾張の材木問屋六角屋の番頭であるむね名乗り、主人の作兵衛殿に会いたいと告げる。

応対に出てきたのは、鳥居峠の茶屋で馬子と喧嘩をしていたあの貧相な男だった。

「番頭の亀造《かめぞう》でござりますが、六角屋様が手前どもにどのようなご用件で」

中山道木曾路、信濃路筋では六角屋の名が知れ渡っている。まして奈良井宿は尾張藩領だから、こちらの身分素性を長々と語る必要はなかった。

「商いの話でござる」

簑輪屋は奈良井でこそ大店であるが、尾張名古屋で鳴らす六角屋とは格が違う。

高飛車に出た陣内は懐から旅をする便宜上六角屋に作らせた道中手形を取り出し、自分が高名な材木問屋の奉公人であることを示してみせた。

「商いの話なら、手前が伺わせていただきます」

「わしは作兵衛殿に会いたいと申したはずだ。ご都合が悪いようなら、また改めて参上することにしましょう」

無愛想に言った陣内は平四郎と七兵衛を促し、店を出ようとする。

「お待ちくだされ。いま主人《あるじ》を呼んでまいりますゆえ」

陣内の駆け引きにひっかかった亀造は慌てて奥へ入って行った。

ほどなく姿を見せた作兵衛は儒学者のような難しい顔をした痩せた男だった。

六角屋の名が効いたのだろう。

陣内以下の三人は客間らしい部屋に案内される。

「土産物屋で、お椀や櫛、曲物類を拝見しましたが、この宿場で作られる品物は大した出来でございますすな」

腰を下ろした陣内は、作兵衛が口を開く前に切り出した。

「われらはすっかり惚れ込んでしまい、尾張名古屋で商ってみようと決めた次第でございます」

「へい」

前置きなしにいきなり商談を切り出された作兵衛は戸惑いの表情を隠さない。

「わたしどもの六角屋はご承知のとおり材木問屋でございますが、表向きの商いのほか、かつては名古屋城下で芝居小屋を営んだことがございますし、その後も金子《きんす》を用立てた先の呉服屋、旅籠、料理茶屋などを買い取って営み、材木商いの足しにしております」

陣内は嘘を言ったわけではない。六角屋が手広い商いをしているのは事実だった。

「手前どもが扱うような品を商う店もお持ちなので」

作兵衛は膝を乗り出した。

「いや、それはまだでござるが、店の一つや二つ開くのは、六角屋にとってどうということはございませぬ」

まるで六角屋の主のような貫禄十分な口ぶりである。

背後に控えた平四郎と七兵衛が下を向いてしまったのは作兵衛に苦笑を気づかれまいとしたからだ。

「と申されますと、そちら様が手前どもと取引をしてくださるということでございますか」

儒学者のような顔を妙な具合に崩した男は膝の上の干涸《ひから》びた手を擦り合わせた。

「さよう、名古屋城下の目抜き通りに大きな店を造り、商わせていただきます」

腰を浮かせた作兵衛は手を叩いて番頭を呼ぶと、お茶の用意はまだなのか、とわざとらしい声で叱りつけた。

吝嗇で鳴る男はおそらく、銭になる話を持ち出さなかったら、水すら出すつもりはなかったに違いない。

色の薄い茶の入った湯飲みを口元へ運びながら陣内は言った。

「われら六角屋と簑輪屋さんが末永くお付き合いをさせていただくためには立ち入ったことをお訊ねせねばなりませぬが、よろしゅうございますかな」

「かまいませぬとも。お取引を願うのでございますから、なんなりとお訊ねくだされ」

作兵衛は一応大店の主らしい顔になっている。

「商いの話をお持ちする以上、われらも多少は調べさせていただきましたが、銭金については簑輪屋さんに微塵《みじん》の懸念もないことが判りました」

「それはそれは」

作兵衛は鷹揚《おうよう》に頷く。金なら持っておるぞという顔である。

「されば安心して取引を願えると考えておりますが、一つだけ気がかりな話を耳にしました」

「ほう、なんでござりましょう」

「こちらのご子息作次郎殿が御嶽党という賊に掠われているという話はまことでござりますかな」

「へえ」

生返事をした作兵衛は如何《いか》なる意図の質問なのか探ろうとするように陣内の顔を窺った。

「まことでござりますかな」

陣内は念を押した。

「へえ、まあ、確かに掠われております」

気乗りせぬ口調だ。

「賊どもが五百両の身代金を要求してきたというのもまことでござりますかな」

「へえ、ま、そうでござります」

「身代金としては随分と安うござりますな」

「えっ、安い？　ばかな、法外な要求でござりますわい」

目を剝いた男は口から泡を飛ばした。

「これはしたり、五百両が法外ですと」

今度は陣内が大仰に目を剝いてみせた。

「ああ法外ですとも。役立たずの十九の若造に五百両ですぞ。わしがお椀や木盆、櫛などを造らせてる職人どもに払っておる手間賃は月一両余りじゃ。あの能無し倅に五百人の職人をひと月働かせられるだけの銭が出せるとお思いですかい」

「おまえさまは算盤《そろばん》の弾けぬおひとじゃな。六角屋は算盤の弾けぬ商人《あきんど》とお付き合いするつもりはござらぬゆえ、先刻の話はなかったことにいたしましょう」

吐き捨てるように言った陣内は腰をあげようとした。

「何を申される。わしほど算盤に長《た》けた者はおりませぬわい。算盤が弾けるからこそ簑輪屋の身上をここまで大きく……」

「ならば、なにゆえ五百両の身代金が高いと申されますのじゃ」

陣内は座り直して続けた。

「奉公人は給銀を払わねば働いてくれぬが、妻子はただで働かせることができますぞ。されぱこそ、儲け方を知っておる商人は子供を沢山つくり、うまく仕込んで日夜給銀なしで働かせ、暖簾《のれん》分けの名のもとに店を増やし、身上を増やす。つまり、商人にとって子供は千両、万両の儲けをもたらしてくれる牛馬なのでござる。その牛馬を取り戻すのにたった五百両でござりますぞ。どこを押すと高いという言葉が出てきますのじゃ」

「子供を牛馬などと申されるおひとは初めてじゃが、仮にそうだとしても、役立たずの作次郎に五百両は高過ぎますわい」

「何としても高いと申されるなら、おまえさまも商人ゆえ、値引きの話し合いをするしかありませぬな」

「相手は恐ろしい山賊でござりますぞ。値引きの話なぞ持ち出せるはずはありませぬ」

「それは、やってみなければ判りますまい」

「誰が御嶽党と話し合うのでござる」

「親御のお手前に決まっておりましょうが」

「わしはいやじゃ。ろくでなしの倅のために命を失うのはいやでござりますわい」

「ならば奉公人の誰ぞにやらせるのですな」

「やらせようとしましたが、誰も首を縦に振りませぬのじゃ。そのような話を持ち出したら相手を怒らせ、殺されると申しましてな」

「そのような話とは……」

「十両までなら出せるという話です」

「十両？　取り柄のない並みの成牛一頭が買えるかどうかという銭ですな」

「米三十俵が買えますわい」

「おまえさまが倅殿に付けた値段はたった牛一頭か米三十俵でござりますか」

「穀潰《ごくつぶ》しのあやつなら、そんなところです」

「ものの値打ちを知らぬ人が付ける値段をとやかく言うのはもうやめるとしても、五百両の言い値に十両しか出せぬと応ずるのは、商人のすることではありますまい。お手前は商いを知らぬおひとじゃ。やはり、先刻の話はなかったことにいたしましょう。平四郎、七兵衛、さ、帰りますぞ」

陣内は朋輩を促すと立ち上がった。

「お待ちくだされ」

振り回した作兵衛の手が膝の前の湯飲みを跳ね飛ばした。

「商いを知らぬとは聞き捨てなりませぬわい。幾ら出すと言えば商いを知ってることになりますのじゃ」

「少なくとも三百両というところですかな」

「ばかな、それは法外じゃ。ううう……五十両なら何とか都合をつけることができるやもしれませぬ」

「たった五十両……」

啞然とした顔をつくったものの、陣内は腕を組んで考え込むふりをしたあと、おもむろに言葉を継いだ。

「御嶽党が承知するとは到底思えませぬが、これだけしか出せぬゆえ勘弁してくれぬかとわたしが掛け合ってみましょう」

「えっ、おまえさまが山賊どもに会ってくださるのか」

「六角屋は取引先を大事にすることで知られております。取引先の難儀はわれらの難儀、黙って見過ごすわけにはまいりませぬわい」

「それはありがたきことなれど、山賊どもが五十両では承知せなんだとき、どうなさるおつもりじゃ」

「肝心なのは御嶽党が承知するかどうかではなく、五十両で倅殿を奴らから取り戻すことができるかどうかでござりますな」

「ま、それはそうで……」

「必ず取り戻してみせますゆえ安心なされ」

陣内は胸を叩いた。

「安心なされと申されてものう……」

作兵衛は納得がいかぬと言いたげに首を捻る。

「それで、銭を届ける場所はどこでござるかな」

陣内は畳みかけて一気に話をまとめるつもりらしい。

「五日前にこの家の玄関に放り込まれた投げ文には、鳥居峠の葬り沢へ、明日正午、五百両持ってくれば倅は無事に返してやる――と書いてありました」

「五日前？　倅殿は掠われたのは幾日前でござる」

「六日前だったかな」

「六日前に掠われ、翌日投げ文がきた。なのに今日まで何の手も打たず、放っておいたというのではありますまいな」

「御嶽党を退治し、倅を取り戻してくれた人には十両の大金を進呈するという張り紙を店の天水桶に貼りました」

「ほかには？」

「ほかには……とくにありませぬな」

「呆れた親じゃ。そんなことでは倅殿、もはや御嶽党に始末されているやもしれぬではござらぬか」

「大丈夫ですわい。昨日、二度目の投げ文がきましたが、明後日正午、鳥居峠の鼻欠け地蔵まで五百両を届けなんだときは倅を殺すと書いてありましたゆえ、まだ生きております」

「昨日の投げ文の明後日正午なら、明日の正午ということか。まだ間に合うわけですな」

「ええ間に合いますとも」

「自慢げに言うことでもありますまい。よかろう。明日、われらが五十両持って倅殿を取り戻しに行くことにいたしましょう」

「やはり、五十両出さねばなりませぬかな。五十両貯めるにはどれほど血の出るような思いをせねばならぬことか……。掠われたのがこのわし自身なら、身代金なぞ鐚《びた》一文出しませぬわい。厭じゃ厭じゃ。山賊どもに銭なぞくれてやりとうない」

頭を抱えて呻く作兵衛に陣内が何か言おうとしたとき、隣の部屋と仕切る襖ががらりと開き、顎の肉が二重になった太った女が首を出した。

「おまえさん、いい加減にしておくれ」

女は作兵衛の妻らしい。

「わたしゃ、三十年間、おまえさんの吝嗇を我慢してきました。夏の暑い盛りでも湯を沸かす薪代が惜しいと行水も三日に一度、暗くなっても油代を惜しんで灯りをともさせない。それでいて、自分は毎夜独り蔵にはいり、長い間、油皿に火をともし、貯めた銭を眺めて悦に入っている。掠われたのがわしなら身代金は鐚一文出さぬですって……。ええ、おまえさんは自分の命より銭のほうが大事だと思ってる人だから、身代金なぞ払いませんよ。だけど、いま掠われているのはわたしたちの子供作次郎なんです。ぐずぐず言っておらず五十両出しなされ。出さなんだら、このみつないにも覚悟がござります」

亭主を睨みつけて一気にしゃべる女の迫力に陣内たちはあっけにとられた。

「か、覚悟とはどんな覚悟だ」

作兵衛は明らかに気圧《けお》されている。

「おまえさんの寝床に蝮《まむし》や百足《むかで》をそっと入れてもいいし、味噌汁の中に紅天狗茸《べにてんぐだけ》や月夜茸を入れることだってできます。面倒な手間を省く気なら夜中にその喉を包丁でかき切ったっていいんだよ」

「ば、馬鹿なことを言いなさんな」

叫んだは亭主は喉を両手で隠し、座ったまま後ずさりをした。

「馬鹿なことではありません。わたしは本気です」

「みつな、わかった。五十両は出すゆえ物騒なことを考えるな」

「おまいさんは銭のこととなると、約束を守らぬ人、今すぐに五十両を持ってきて、そこの六角屋の番頭さんにお渡しなされ。さもないと覚悟が……」

「わかった、わかった」

立ち上がった作兵衛が逃げるようにして部屋を出て行くのを見送った女は、陣内たちのほうに顔を向け、とくにきまり悪げな顔をするでもなく、改まった口調で、自分が作兵衛の家内であるむねを名乗って頭を下げた。

「作兵衛殿が口にされるのを耳にいたしましたが、名はみつな殿と申されますのじゃな」

陣内が相手の顔を見つめながら問い掛けた。

「さようでござります」

「珍しい名でござりますな」

「一汁三菜の食事に不自由せぬ暮らしのできる女に育つよう亡くなった祖父がつけてくれた名でござります」

「なるほど、つかぬことを伺いますが、三菜殿はこの土地のお生まれで……」

「さようでござります」

「娘御だった頃はさぞかし宿場の若い男どもから言い寄られて……」

陣内が珍しく世辞を述べ始めたとき、若い女の甲高い声が聞こえた。

「かかさま、かかさまはどこじゃ」

「ここだよ」

三菜が大声で応じると、乱暴な足音と共に部屋の入り口の戸が開いた。

「足袋《たび》に穴があいてしまったゆえ、新しいのを出してくだされ」

娘は立ったまま右足を母親のほうに突き出した。

「お客様がおいでだというに挨拶ぐらいなされ」

金切り声で叱る。

「挨拶するゆえ早う新しい足袋を出してくだされ」

突き出した足をぶらぶらさせる。

親娘とも上品とは無縁の女どもである。大店の内儀《おかみ》と娘であることに間違いはないが、しょせんは山中の宿場の田舎大尽の家人ということなのだろうか。

母親に叱られて陣内たちに挨拶をした彼女の名はお園《その》で、歳は十七だった。年頃だけに品はないものの、それなりに美しく、男を惹き付けるものは持っていた。

陣内がお園を無遠慮に見つめたのはこの器量のせいだと七兵衛は思ったが、別な理由だったことは簑輪屋からの帰り道知らされた。

作兵衛が渋々差し出した五十両をいったん受け取った陣内はそれを内儀の三菜に預けて言った。

「ご亭主殿の気が変わらぬうちにと思って出していただいたが、この金は倅殿の身代金ゆえ、明日、鳥居峠の鼻欠け地蔵へ参る際、案内役の誰ぞに持たせてくだされ」

尾張の材木問屋六角屋の奉公人であるむね記された道中手形を見せられてはいたものの、初めて会った陣内たちに五十両という大金をあっさり渡すほど作兵衛は無警戒な人間ではない。当然、六角屋の内情やら陣内たちがどんな仕事をしているかを、しつこく訊ねて素性に間違いがないか確かめようとするはずだ。これをさせないため、陣内は五十両を三菜に預けたのである。

　三人の男は泊まっている旅籠の名を教えて簑輪屋を出る。

　一町ほど無言で歩いたところで、陣内が平四郎に声を掛けた。

「おぬしも、わしと同じことを考えたであろう」

「ああ、どこにでもある名ではないからな」

　平四郎は前を見たまま頷く。

「あれが本人だとしたらどうする」

「それを今考えておるところだ」

「わしも同様よ」

「おい、二人とも何の話をしておるのじゃ。禅問答みたいなことを言うておらず、おれにも判るように話せ」

　七兵衛が声を荒げて割って入った。

「たわけ、往来で大声を出すな。おぬし、何も気がつかなんだのか」

　舌打ちをした陣内は七兵衛を睨んだ。

「そういう小馬鹿にしたような言い方はよせ」

「簑輪屋の内儀の名だ。三菜という名に聞き覚えがあるだろうが」

「み、つ、な……か、ああどこかで聞いた名だな」

「今度の旅に出た宗春様がこの奈良井宿で探そうとされている女の名だ」
「うん、思い出したわい。……ということは、あの下品な女が宗春様のあれか」
「十八歳の宗春様が名古屋から初めて江戸へ出府された折、一夜を共にされたという
お方は三菜という名だったはず。珍しい名だし、年恰好も合うておる。あの内儀が、
その昔の清冽な清水の湧き出る谷間に咲いた山百合《やまゆり》の君である可能性は高いだろう
な」
「谷間に咲いた山百合？　それはどういうことだ」
「七兵衛、おぬしは酒ばかり喰ろうておるせいで物覚えが悪いようだな。三菜殿のこ
とを、宗春様が今申したような可憐な娘御だったと申されたのよ。のう平四郎、そう
であったな」
「ああ、確かに山百合のようなおなごだったと申された」
「だとすると、簑輪屋の内儀は宗春様が探しておいでの女性ではあるまい」
「山百合とはほど遠い女だからか」
「そうともよ。どこから見てもあれは山百合ではない。と申すより、道端の如何なる
野草の花であれ、あの女より品はあるだろうさ」
「七兵衛、おぬしは女というものを知らぬな。若いときは山百合でも歳をとると、あ

んなふうに変わるものだ。娘のお園を見たであろうが。行儀は悪かったが、ほどほどに美しく可憐でもあった。あれなら若い男の目には牡丹《ぼたん》にも山百合にも映るに違いない。けれども嫁に行き亭主に仕え、子供を産み育てて歳をとると、目をそむけたくなるような姿に変わってしまう」

「うん、確かに女は変わる」

「四十、五十になっても美しく、魅力に溢れたおなごがいないわけではない。若いだけが取り柄の娘たちでは太刀打《たちう》ちできそうもない深みのある色香を残し、人として強く惹き付けるものを持ち合わせた女性がな。しかし、大部分の女は簑輪屋のあの内儀のようになってしまうのが普通だ。のう平四郎、そう思わぬか」

「おれに女のことを訊くな。あのように面倒でしち難しい生き物のことなぞ何も知らぬ」

「平四郎のような朴念仁《ぼくねんじん》の考えなぞどうでもいいが、ともかく女は驚くほど変わってしまうということだ。七兵衛、わかったな」

「それはわかったけれど、さきほど平四郎と話していた、おぬしたち二人が同じ考えという、あれはどういうことだ」

「宗春様の夢を壊すべきかどうかということだ」

「よう判らぬな」

「酒をしばらく止めてみろ」

「なにっ」

「おぬしの頭が回らぬのは酒を呑みすぎるからだ」

「やかましいわ。おれの頭が悪いのは生まれつきだ。余計なことを申さず、判るように説明しろ」

「吝嗇大尽に五十両出させるため、どれほど苦労したか見ていたであろう。わしは疲れておる。宿へ戻ってから教えてやるゆえ、しばらく休ませてくれぬか」

「もったいぶるな。話してくれぬと大声を出すぞ」

「ちっ、何とも始末の悪い男だな。三菜本人に訊けば直ぐに確かめられることだが、あの女が宗春様の探している当人であることが判ったとしよう。おぬしはどうする」

「どうするとはどういうことだ」

「宗春様にお探しの方が見つかりましたと報せるかどうかを訊いておるのだ」

「お会いになるのを楽しみにしておいでの相手が見つかったとなれば、宗春様はお喜びになるはず、むろん報せるさ」

「報せたら、宗春様は当然相手とお会いになるだろうが、それでよいのか」

「会いたがっておいでになった相手だ。よいに決まっておるではないか」

「七兵衛よ、おぬしはやはり、がさつな人間だな」

「なんだと」

「宗春様は山百合のように可憐で美しかった女を頭に描いて捜し訪ねようとしておられるのだぞ。むろん、宗春様とて子供ではないゆえ相手がむかしのままだとは考えておられまい。歳相応に容色は衰えていると思っておいでだろう。したが、変わってしまったに違いないと思いながらも、長年胸の中で温めてきた可憐で美しい女の面影と重ね合わせることのできる相手と会うおつもりになっておられるはずだ」

「ま、そうかもしれぬな。さもなければ、幕命に抗して旅に出た上、こんな信州の山の中くんだりに出掛けてはこられまい」

「それが分かるなら、あの下品な女、簑輪屋の内儀に宗春様を会わせてよいと思うのか」

「うーん」

七兵衛は立ち止まり考えこんでしまった。

「お喜びになるどころか、宗春様は落胆され、虚しいお気持ちになられるに違いない」

「……」

「男はむかし心を寄せた女にもう一度逢ってみたいと思うものだが、たいていは夢が壊れてしまうゆえ感心できぬ。夢はゆめのまま胸の中でそっと温めておくべきなのだ。宗春様も、三菜というお方は山百合のような女人だったと、あの世に逝《い》かれるまで思っておいでになったほうがよいのよ」

「だとすれば、どうすればいい」

「簑輪屋の内儀については一切、宗春様のお耳に入れぬことにしよう」

「それはできようが、宗春様は三菜という女を捜せと申されるであろうし、ご自分でも宿場中、訊ねて回られるだろうよ」

「そういうことになろうな。されば、奈良井に長居はできぬ。平四郎、御嶽党を手早く片づけて銭を稼ぎ、一刻も早くこの宿場を離れるぞ」

「宗春様が山百合の君を見付けるまでここに留まると申されたらどうする」

平四郎が応じる前に七兵衛が言った。

「そのときは殺すさ」

呟いた陣内は顎を撫でる。

「殺す？　簑輪屋の内儀をか」

七兵衛の声が高くなった。

「ああ、そうだ」

「やめとけ、いかに宗春様のためとはいえ、罪のない女を殺すのは無法だ」

「いや、殺すしかない」

「そのようなこと、おれが許さぬ」

いきり立った男は陣内を睨みつける。

「七兵衛よ」

平四郎がぼそりと口を開いた。

「おぬしは本当に正直者だな」

「正直者？　なんだ、何が言いたい」

「陣内が申しておるのは、山百合の君が死んでしまったことにするということだ。三菜様はもう亡くなられましたと言えば、宗春様は捜せとも、この宿場に留まるとも申されまい。陣内はそれを言おうとしたのよ」

「けっ、陣内、おぬしはおれをからかったのか」

「と受け取るのもよし、酒の飲み過ぎで頭の回りが悪いと考えるのもよし」

陣内は高笑いをする。

「やかましいわ。頭の回りがどうであろうと、おれは酒を……」

七兵衛が後の言葉を呑み込んだのは、行く手に小笹の姿が見えたからだ。

彼女は宗春一行の宿の前で、旅籠の仲居と何か話しながら笑い声をあげていた。相変わらず底抜けに明るい娘である。

葬り沢

後方を振り返った陣内は舌打ちをした。

日頃あまり歩いていないのだろう。三人のもぐら同心に従って坂を登ってくる簑輪屋作兵衛の足はよたよたとしており、実に遅い。

御嶽党指定の鼻欠け地蔵への案内役は当然、奉公人の誰ぞを使うものと思っていたが、作兵衛自身が、わしが行くと言って付いてきた。

平四郎は「やはり、倅作次郎の無事な姿を一刻も早く目にしたいという人並みの親心を持っておるのだな」と言ったが、陣内の見るところ、五十両の身代金がいまだに惜しく、少しでも己の懐に留めておきたいと思っているためらしい。

「もう少しゆっくり歩いてくださらぬかのう」

後方から叫ぶ作兵衛は肩で息をしている。

「聞き流せ。あの足に付き合っておったのでは日が暮れてしまう」

陣内は朋輩二人に声を掛ける。

「五十両をわれらが預かって先へ行くことにしてはどうだ」

作兵衛のほうを振り返った七兵衛が言った。

「いや、御嶽党はおそらく五十両では作次郎をこちらに渡すまい。そこら辺のやりとりをあの吝嗇大尽に見せたほうがよい」

「五十両では不足だということを確かめさせるわけだな。しかし陣内、確かめさせたところで作兵衛はもう銭は出すまいよ」

七兵衛は踏み出した先に転がる小石を蹴飛ばした。

「ま、そうだろうな。しかし、御嶽党にとって五十両は不足でも、われらにとっては十分だろう」

「それはあれか、五十両を御嶽党に渡すつもりはなく、われらが頂戴するということか」

「たわけ、大声を出すな。尾張藩士ともあろうものが、無辜《むこ》の民が山賊に銭を巻き上げられる手助けをしてどうする。御嶽党に身代金を渡すことなぞ最初から考えておらぬ。五十両は賊を退治し、作次郎を取り戻す働きに対する汗かき代として、われらが頂戴するものだ。のう平四郎」

「おぬしがそう決めたなら、そういうことにすればよかろう」

気のなさそうに無愛想な返事をするのは、いつもと同じである。

「五十両の汗かき代か。うーむ、悪うないな。陣内、おぬしの商い上手はやはり大したものだ。いや、世辞ではなく大したものだ」

七兵衛は唸りながら頷く。

「褒めるのはまだ早かろう。賊は侍で、しかも五人とか。易々《やすやす》と退治はできぬぞ。下手をすると、こちらがあえなく鳥居峠の土になるやもしれぬ」

「賊の相手は平四郎にまかせておくさ。な、頼むぜ」

七兵衛は片手で平四郎を拝む真似をした。

「鼻欠け地蔵というのは……」

朋輩に拝まれた男は面倒そうな口調で言い、一息入れて続けた。

「おそらく例の馬子が案内してくれた場所の入り口付近に建っていた地蔵だと思う」

「……」

陣内と七兵衛は黙って聞いた。

「賊どもは鼻欠け地蔵の前で身代金を受け取った後、背後の茂みにもぐりこんで素早く着替え、隠してある馬に乗って逃げるつもりでいるに違いない」

「待ってくださらぬか、足が痛とうてたまらぬゆえ少し休ませてくだされや」

坂の下のほうで作兵衛が叫ぶが、平四郎は無視して続けた。

「奴らを逃がすわけにはいかぬゆえ、七兵衛は馬の隠してある場所へ先回りして繋いであるのを解き放してくれ」

「承知した。まかせろ」

「わしは何をしたらいい」

陣内は右手で己の肩を揉みながら言った。

「おぬしは作兵衛を連れて賊どもの相手をしてくれ。その間におれは作次郎を取り戻す。おそらく奴らの着替え場所付近の木にでも縛られておるに違いないゆえ見つけ出すのに手間はかからぬだろう」

「作次郎を捜し出すまで、おれが時間を稼がねばならぬな」

「作次郎を見付けて逃がしたら、おれは賊どもの相手をしに行く」

「わかった。となると、わしはあの喧《やかま》しい馬鹿大尽の守りをせねばならぬのか。よし、おぬしたちは先へ行け」

陣内は背後でわめく作兵衛のほうに首を曲げて、急ぐよう大声で促した。

作兵衛が行く手を指差し、

「あれが鼻欠け地蔵様ですわい」

と言った。

背後から突き出した松の枝が頭上に覆い被さる地蔵の横に腰を下ろし、煙管《キセル》をくゆらせる三人の男の姿が目に入った。

いずれも半纏、股引《ももひき》、腰に山刀を下げている。山仕事を生業《なりわい》とすると思われる身なりだが、手拭いで頬被りした顔は樵夫《きこり》のものではない。山で暮らす男の肌は赤黒く日焼けしており、随分とむさいものだ。

息を切らす作兵衛に歩調を合わせる陣内の足は遅い。ゆるゆると坂を登って地蔵の近くへ着いたところで、陣内はこちらを睨むようにしている男たちに声を掛けた。

「ご苦労様でございます」

相手は意表をつかれた顔になり、腰を浮かせた。

「御嶽党のお方でございましょうな」

「……」

思いがけない言葉だったのだろう。男たちの顔に動揺の色が浮かぶ。

「こちらは簑輪屋の主人殿……」

背後の作兵衛を指差す。

「そちら様のご指示に従い、銭を持って参りましたゆえ作次郎殿をお引き渡し願えないでしょうか」

三人は立ち上がった。

頬被りの下の顔はいずれも若い。一番小柄な頬に吹き出物のある男は間違いなく十代であろう。

「そやつが簑輪屋の作兵衛であることはわかったが、うぬは何者だ」

鼻の脇にほくろのある男が口を開いた。侍言葉である。

「簑輪屋さんの取引先六角屋の番頭でございます」

陣内は愛想笑いを浮かべてみせた。

「六角屋？　取引先の番頭がなにゆえこのような場所へやってきたのだ」

「作兵衛殿に万一のことがございますと、取引に差し障りがありますゆえ、お供してきたのです」

「ふん、つまり用心棒役を務めようというのか」

「滅相もない。ただのお供です」

「ま、よいわ。銭を持ってきたのなら受け取ってやろう」

「ただいまお渡しいたしますが、あなた様が御嶽党のお頭《かしら》でございますかな」

「お頭？　……いや、おれではない」

「持参したのは大金でございますゆえ、お頭様でないとお渡しできかねます」

「……」

鼻脇のほくろをひくつかせた相手は眉間にしわを寄せて陣内を睨み、文句を言おうとしたが、思い直したのだろう。頰に吹き出物のある男に小声で何か命じた。

命じられた男は地蔵の背後の茂みの中へ入って行った。おそらく休んでいる頭目を呼びに向かったのだろう。

ほどなく、吹き出物に先導される形で二人の男が姿を見せた。

手拭いの頰被りと半纏、股引に山刀はほかの男たちと同じである。一人は痩せて背が高く、色白の端整な面立ちをしていた。もう一人は顎に切り傷跡があり、首の太さが目立つ。ともにこれもまた若い。二十歳前だろう。

「五百両、持ってきたのだな」

陣内と作兵衛の顔を見て、口を開いたのは色白のほうだった。少年のような幼さの残る男だが、彼が御嶽党の頭目らしい。

口のきき方と容姿からして、ある程度の身分の侍と見て間違いない。

「五百両は用意できなんだので、五十両持って参りました」

「なにっ、五十両？　たった五十両を持って、おめおめとやってきたと申すのか」

頭目の唇が歪《ゆが》んだ。

「ご不満ではございましょうが、簑輪屋さんとしては今のところ精一杯の金子ということなので、ご勘弁願えないでしょうか」

陣内は丁寧に頭を下げた。

「簑輪屋がたかだか五百両の金を用意できぬはずはない」

「それができぬのでございます。なにとぞ五十両でご勘弁を」

初めて口を開いた作兵衛はしきりに頭を下げる。

「五百両用意できぬとあらば仕方がない。気は進まぬが、おまえの倅を……」

「なにゆえ五十両でご満足いただけぬのですかな」

陣内は頭目を見据えた。

「おまえさまたち御嶽党は、確かこの峠の朽ちかけた鳥居を造り直すために銭を集めておいでになるのでしたな」

「ま、そうだ」

相手は苦い表情で頷いた。

「つまり、われらに新しい鳥居のための寄進を求めておいでになるのでござります な」

「ああ」

「寄進だとしたら五十両では不足だ、五百両出せなどとは言えぬはずでござります が」

「黙れ。寄進であろうと何であろうとたった五十両では承知できぬ。五百両出せぬと いうのなら、作次郎の命はもらうゆえ覚悟しろ」

頭目は足元の小石を蹴り上げた。

「おまえさまたちは商いべたでござりますな。五十両が五百両より少ないのは確かで すが、それでも大金ではありませぬか。作次郎殿の命なぞ奪うより五十両を手にする ほうがましだと思いますが」

「黙れ、五百両を出せぬと申すのなら、作次郎はもとより、うぬら二人も殺し、五十 両も貰うことにする」

「作兵衛殿よ、ああ申しておられるが、どうなさる。五百両出すことにしますかな」

陣内は簑輪屋の顔を見た。

「とんでもない。わしは五百両なぞ出しませぬぞ」

「御嶽党殿、やはり、無理のようでござる」

「うぬらは、わしの言葉をただの脅しと考えておるようだな。おい、作次郎を連れてこい」

頭目は顎傷のほうを見て促した。

「連れに行っても、作次郎はもうおらぬぞ」

低い声と共に千村平四郎が地蔵背後の茂みから姿を現した。

「なんだ、うぬは」

頭目が甲高い声をあげ、御嶽党は一斉に身構えた。

「簑輪屋の取引先六角屋の奉公人さ」

「まだ取引先の奉公人がいたのか」

「もう一人おる。ほどなく姿を見せるが、今はおぬしたちの馬をどこぞに移すため汗をかいておるはずだ」

「われらの馬をだと……」

狼狽の表情を浮かべた相手は平四郎と陣内の顔を交互に睨みつけた。

「うぬらは何者だ」

「簑輪屋の取引先の奉公人だと申したであろうが」

「嘘をつくな。町人ではなく侍なのはひと目で判ったわ。道中奉行配下の役人だな。われらを捕まえに来たのか」

声が怯《おび》えている。

「だとしたらどうする」

割って入った陣内の口調はもう町人のそれではなかった。

「道中奉行神尾《かみお》伊賀守殿配下の者が鳥居峠に巣くう賊を始末しに来たのだすれば、おぬしらも終わりだ。公儀が動いた以上、中途半端のことはやるまい。全員を捕まえて裁きにかけ、獄門送りにするだろうな。いや、おぬしらは侍のようだから、切腹、家門断絶というところかな。しかし、幸いにもわれらは道中奉行配下などという野暮《やぼ》な者ではないゆえ安心しろ」

億劫《おっくう》そうにしゃべる平四郎と違って、陣内はやはり歯切れがいい。

「役人でないのなら何ゆえわれらの馬を隠すのだ」

「銭だけ取られて作次郎を引き渡してもらえぬこともあると考えて、手を打ったのよ」

「五十両用意してきたと申しおったが、うぬらは最初から身代金と引き替えに簑輪屋の倅を受け取ることなぞ考えておらぬな」

「ま、そうだ。おぬしたちがとても承知すまいと思ったのでな。この際、一応念を押しておくが、五十両で我慢し、穏便に作次郎を引き渡してくれたかな」

「いや、そのような端金《はしたがね》で渡すものか」

「やはりそうだろうな」

「勝手な真似をした以上、うぬらも覚悟はできておるのであろうな」

「多少荒っぽいことになるとは思っておるさ」

「多少では済まぬぞ。手足が無くなることくらいは覚悟しておけ」

顎に傷のある男が怒鳴った。

「ほう、それは怖いな。で、場所はどこにする」

「場所？　何の場所だ」

聞き返した顎傷は腰の山刀に手を掛けていた。

「穏やかに話し合うのなら別だが、手足にせよ、命にせよ、奪い合いをするなら、人目につかぬ所でやらねばなるまい」

「うむ」

頭目の顔を窺った顎傷は曖昧《あいまい》に頷いた。

「どうだ、かつて武田衆と木曾衆が戦ったという葬り沢でやることにせぬか」

馬子から教えてもらった場所を思い出した平四郎が口を挟んだ。

「葬り沢だと」

声をあげた御嶽党の男たちは互いの顔を見合わせた。

「合戦で討ち死にした者の亡骸《なきがら》が沢山埋めてある場所と聞いておる。死人が出たら、その場に穴を掘って埋めればよいゆえ好都合であろうが」

「……」

返事をしようとしない彼らは死人という言葉を出したとき、一斉に顔色を変えた。追い剝ぎにしては度胸のない軟弱な男たちと見てよさそうである。

杉の木立が陽の光を遮《さえぎ》っているからなのか、谷間の土地のせいなのか、ともかく葬り沢は足元がじめっとした場所である。

途中で加わった七兵衛が「薄気味の悪い所だな」と簑輪屋作兵衛に囁いたが、確かに心地よい場所ではなかった。

五人の御嶽党は早速、山刀を手に身構えたが、もぐら同心たちは三人とも腕組みをして突っ立っているだけである。

「われらとやり合うつもりで、このような場所を選んだのであろう。支度をせぬか」

頭目がじれた表情で促した。

「おい、相手をしてやれ」

陣内が平四郎の肩を叩いた。

「支度をすればよいのだな」

頷いた平四郎は足元を眺め渡して五尺ほどの長さの樫の木切れを拾い上げ、小枝をむしり取ると、使い心地を確かめるように右手で二、三度素振りをしてみせた。

「支度はできたぞ」

白い歯をみせて御嶽党のほうに進み出る。

「うぬ一人だけで、われらに立ち向かおうというのか」

顎傷が叫んだ。露骨に甘く見られたことがよほど気に障ったのだろう。怒りで顔を赤くしている。

「ああ、後ろの二人は口先だけの役立たずゆえ、おれ一人でやるしかないのだ」

応じた平四郎は笑顔である。

「腰の道中差しくらいは抜かぬか」

「いや、まだ若いおぬしたちを不自由な躰にしとうないゆえ、刃物はやめておく」

「黙れ、抜け、抜かぬか」

「おぬしたちが如何なる理由で山賊の真似をしておるのか知らぬが、それなりの身分素性の武家の子弟と見た。しかも、まだ前髪を落として間のない若者ばかりであろう。おれは特に慈悲深い男でもないが、先のあるおぬしたち相手に刀を抜く気にはなれぬ」

「ほざくな」

怒鳴った顎傷が山刀を振りかざし平四郎に斬りつけた。

樵夫が木鞘に入れて腰に下げる山刀の長さは一様でない。山刀の用途はいろいろあり、大枝小枝を落とす枝打ち、丸太切り、薪《まき》づくりのほか、捕まえた野兎、野鳥、渓流魚などをさばくのにも用いるし、熊、猪などと闘う護身刀にもなる。したがって、長さは用途次第なのだが、御嶽党が手にしていたのは護身刀、狩猟刀として造られた二尺ほどの長いものだった。

先陣をきった顎傷はおそらく、五人の御嶽党の中ではおのれの腕に自信を持っているほうだったに違いない。

彼の山刀は怒声と共に平四郎の肩口目がけて打ち下ろされた。

しかし、斬り込んだ本人はいっぱしの腕のつもりでも、平四郎から見ると、苦笑するしかない域の腕だった。

軽くかわされて空を斬った山刀がまた襲いかかる。

再び躰を開いてかわした平四郎の木切れが相手の頭頂を叩いた。

「くく……、くうくくく」

山鳩の鳴き声のような奇妙な悲鳴をあげた顎傷は山刀を投げ出し、両手で頭を抱え、踞ってしまった。

「余計なことかもしれぬが、一つ教えてやる。おぬしたちの相手をしておる男はな、鹿嶋新当流の棒術達者だ。それも並みの遣い手ではないぞ。おれの知る限り、天下無双のすご腕だ。脅しではないゆえ、頭を割られ、手足をへし折られるのを覚悟してかかれ」

嬉しそうな声をあげたのは七兵衛である。

この忠告は形相を変えている御嶽党の耳に入らない。

先陣を切った顎傷が軽くあしらわれたのを見て、格段に腕の違いがあることを知った彼らは余裕を無くしていた。

だから連携して闘うことを忘れ、わめき声をあげながら一斉に平四郎に襲いかかった。

四人に襲われた男は手加減して闘っている。

本気になれば、右手に握った木切れでも相手の頭を割ることも手足を打ち折ることもできたが、そこまでやる気はなかった。

例の馬子の話によれば、御嶽党が悪事を重ねてきたのは確かだが、血を流すような非道な真似はしておらず、妙な言い方になるものの行儀正しく追い剝ぎをやってきた。

また、今も掠った作次郎と馬を奪われてしまったにもかかわらず、いきなり山刀を振り回すようなことはせず、葬り沢まで付いてきた。

しかも顔を見れば、五人ともまだ若く、頭目にいたっては少年の面影さえ残している。

悪事の報いは受けさせねばならぬものの、手加減してやろうというのが、平四郎の胸の内だった。

一斉に襲ってきた御嶽党を平四郎は木切れで次々に打ち据えた。

手加減しているとはいえ、棒術達者の扱う木切れは強靭《きょうじん》な武具に変わっている。

首根、肩、腕、脇腹などを打ち据えられた男たちは、苦痛の呻き声をあげて倒れ、あるいは戦意を失い地面に這ってしまった。

「おぬしたちは若輩とはいえ侍の端くれであろう。侍なら論語、大学、中庸、孟子を読み、五経を知るなど一通り学問を修めたはずだ。そして、いまや軽んじられるようになったとはいえ弓馬刀槍も少しは学んできたに違いない」

ぶざまな姿で地面に這う男たちを見下ろした平四郎は、苦りきった顔で話し掛けた。

「しかるに、山賊の真似をするようでは論語も孟子も知らぬ路傍《ろぼう》の物乞いにも劣る。学問なぞ何も知らぬと同じだ。おれが木切れで軽く打ち据えただけなのに、もう闘う気を無くして女子供のようにだらしなく悲鳴をあげておる。多少は武術を学んでいるはずの侍としては考えられぬ醜態で、あきれるしかない」

聞いているのか聞いていないのか、御嶽党の五人はいぜん苦悶《くもん》の呻き声をあげるだけである。

「さて、おぬしたちをどうするかだ。縄を掛けて役人に突き出すような面倒なことはしたくない」

目の合った陣内が平四郎の言葉に頷いてみせた。

役人の元へ連れてゆけば、自分たちの身分素性を明かさねばならぬ。悪くすると、宗春の身分まで知られてしまう恐れがある。

御嶽党は山賊まがいとはいえ、人を傷つけていないようだ。

本来なら犯した罪相応の罰を受けさせねばならぬところだが、愚かな者たちのため、危険を冒すこともない。

「さればと言って、このまま逃したのでは、おぬしたちは悪事のやり得ということになる。あと三つずつ、この棒切れを喰らわすことにするゆえ覚悟しろ。少々痛いだろうが、罪人になって親兄弟親類縁者を泣かせ、家門を潰すよりはいいだろう」

「いいえ、三つくらいでは懲《こ》りませぬ」

不意に若い女の声が四、五間離れた彼方の木立の間から湧き出た。

落ち葉を踏む音と共に茶色の火事頭巾で顔を隠した人影が現れた。

紺地の小袖に馬乗袴と、着ている衣装は男ものながら体つきは明らかに若い女である。

「五つ六つ……、いえ、十ほど叩いてやってくださいまし」

こちらへ歩きながら、女は言った。

呻いていた御嶽党の頭目がわずかに顔を上げて「また、姉上か」と呟いたのを聞き逃さなかった平四郎は、愛想のない口調で応じた。

「人に何かを頼むときは、頭巾を取り、名乗るのが礼儀ではござらぬかな」

「……」

火事頭巾の足が止まった。

ためらっているようだ。

やがて自分に言い聞かせるように呟いた。

「そうですね。頭巾を取り、名乗るのが礼儀というものでしょうね」

白い指が頭巾の紐をほどき、脱ぎ取った。

無造作に後ろで束ねた黒髪、化粧気のない面長な顔、若い女らしい華やかさはない。

しかし、知的なものを感じさせる切れ長な目と整った口元が生まれ育ちのよさを窺わせる。一口で言えばただならぬ品位を漂わせた娘だった。

「名は弥藤《みふじ》、恥を忍んで申し上げますと、そこの者の姉でございます」

指差したのは地面で膝を抱え込んでいる頭目だった。

「姉御なら弟御を庇《かば》うのが人情なのに、この棒を三つ喰らわせるだけでは足らぬと申されるのじゃな」

平四郎は手にした棒切れを掲げてみせた。

「ええ」

娘は弟のほうに目をやったまま頷いた。

「殺してもよろしいのかな」

「え？」

「それがしはいささか棒術の心得がござる。心得のある者が使う棒はそうでない者の十倍、二十倍の痛みを与えるはず。されば十も喰らわせたら弟御は息絶えてしまうやもしれぬ。それでもよいと申されるなら、やらぬでもないが、いかがかな」

「……」

平四郎を真っ直ぐ見つめる娘は口を開こうとしない。

やがて、こちらを見据える目から涙が溢れ出た。

「息絶えてもかまいません。幾度叱っても、恥知らずな真似をする愚か者は生きている値打ちがありませぬ」

「姉御はああ申しておいでだが、おぬしたちはまだくたばりたくあるまい」

「当たり前だ。まだ十八になったばかりだというに死んでたまるか」

弥藤の弟は顔を上げ、吐き出すように言った。

「ほう、おぬしは十八か。確かに仏様の元へ行くにはちと早すぎるな。したが、姉御殿は生きている値打ちがないと申されておる。おれの思うには、おぬしたちが二度と愚かな真似はせぬと誓ったら、姉御殿も息絶えてもかまわぬなどとは申されぬはずだが、どうだ。誓う気はないか」

「誰に、何を誓うのだ」

「御嶽の神々かな。いや、おぬしたちが神仏を信じているとは思えぬゆえ、そこの姉御殿とおれに誓うんだな」

「うぬに誓えだと……、おまえは一体何者だ」

「山賊に名乗る必要はあるまい」

「おれが教えてやろう」

怒鳴り声がした。

旅装の侍が一人、街道に続く樵道を下ってくる。平四郎にとっては見覚えのない顔だったが、相手はこちらをよく知っていた。公儀隠密の風谷兵馬だ。

「そやつの名は千村平四郎、尾張藩士居下組同心の軽輩者よ。ついでに教えてやるが、あちらで突っ立っておるのが千村の同輩不破陣内と薬丸七兵衛だ。三人ともおれがこれから手足を叩き落としてやるゆえ、よく見ておけ」

叫んだ兵馬はすでに腰の大刀を抜いていた。

不意に現れて勝手にしゃべった上、刀まで抜いた男に、御嶽党の面々と弥藤はあっけにとられたが、平四郎は驚く様子もなく、陣内と目を合わせ、苦笑して頷き合った。

自分たちの身分素性に詳しく、しかも理由も告げずに斬るなどと言う者は公儀の手の者以外に考えられない。幕府をないがしろにして旅に出た宗春を窮地に追い込むべく大御所吉宗が放った者たち、すなわちあざみという名の女が采配をふるう一味なのは確かめるまでもなさそうだ。

「ご苦労なことだな」

陣内が兵馬に声を掛けた。

「なんだと」

肩を怒らせ、威圧するように睨みつける。

「そこもとがわれらを紹介してくれたというに、黙っていたのでは礼を欠くことにな

る。御嶽党殿と弥藤殿に教えて差し上げるが、われらを斬ると宣《のたま》っておられるこの御

仁は公儀から遣わされたおひとじゃ。ええと、名は何と申されたかな」

「名乗るつもりはない」

「つれないことを……、ま、しかし、名乗るのが恥ずかしいようなろくでもない名を

持つ人もおるゆえ、不都合ならそう申されるがよい」

「不都合なぞあるものか、誰にも恥じるところのない名じゃ」

「ならば名乗られよ」

「けっ、風谷兵馬だ」

「ほう、凜々《りり》しい、よき名ではござらぬか」

「やかましいわ」

「で、そこもともやはり、例の勇ましいあざみとかいう名のおなごとご一緒でござるかな」

「あざみを知っておるのか」

「旅の道連れとしてお会いしておる。野首、乙狩、袈裟丸のお三方ともな。ご朋輩衆はつつがのうお過ごしでござろうのう」

「ああ、生きておる」

「大の男四人があのあざみ殿に顎でこき使われてるわけか。さぞかし大変でござろうな」

「おれは顎なぞで使われておらぬ。さればこそ、止めるあの女を振り切って、うぬらを斬りにきたのだ」

「われらの居場所がようわかったのう」

「うぬらの旅籠を銭を握らせた里童《さとわらべ》に見張らせておいたのよ」

「いこう役目熱心でござるな。ところで、そこもとは、われらが今、何をしておる最中かご存知かな。この鳥居峠で悪さをする馬鹿者どもを懲《こ》らしめ、改心させようとしているところでござるぞ」

「それがどうした」

「それがどうしたはありますまい。無辜の民百姓が安心して暮らせるよう罰を加えておるわれらを助けるべき立場の公儀の手の者が、斬りにきたというのでは筋が通らぬのでは……」

「筋もくそもあるか。この風谷兵馬はうぬらを斬るため江戸から出てきたのだ」

「公儀の者が正義を軽んじるのでござるかな」

「やかましいわ。街道を荒らす賊を罰するのは道中奉行配下の者の役目だ。おれの知ったことか。つべこべ言わず支度をしろ」

「支度？　斬り合いなら、あの男にまかせるゆえ、あちらに声を掛けなされ」

指差された平四郎は、勝手なことを申すなと言わんばかりに陣内を睨んだ。

「おい、今の言葉、聞こえたであろうな」

兵馬は平四郎のほうに向き直った。

「ああ、聞こえた」

うんざりという顔である。

「聞こえたなら支度をしろ」

「斬り合いの支度なら特に要らぬ」

「なにっ、うぬはその棒切れでおれの相手をするつもりか」

「これでは不足か」

「千村平四郎、うぬは鹿嶋新当流の棒術と尾張新影流の剣を多少遣うそうだな。しかし、江戸にはうぬごとき腕の輩は腐るほどいるぞ」

「江戸は広いゆえ、ま、そうだろうな」

平四郎は相手が拍子抜けするような返事をした。

「中条流目録のこの風谷兵馬は、鉄砲百人組根来衆きっての剣の遣い手とされており、人を十人斬ったこともある」

「ほう、戦《いくさ》のないこの泰平の世に人を斬ったとは驚いたな。辻斬りでもやったのか」

「首切り役人山田浅右衛門《やまだあさえもん》に頼んで千住小塚原《せんじゅこづかっぱら》で罪人を斬らせてもらったのだ」

「好んで血を見るとは、おぞましい男よな」

「おれが血を見たがるのではない。この伊勢国は千子村正鍛冶の刀が血を吸いたがるのさ。どうだ、これが村正と聞いたら棒切れで相手をするとは言うまい」

兵馬は右手の大刀を振りかざしてみせた。

「いや、備前長船《びぜんおさふね》でも菊一文字則宗《きくいちもんじのりむね》でも、あるいは相州正宗《そうしゅうまさむね》、九字兼定《くじかねさだ》だとしても、今日のおれは刀を抜く気はない」

「よかろう。ならばその棒切れごと、うぬの腕を斬り落としてやる」

叫んだ男は村正を上段に振り上げ、平四郎の前へ大股で進み出た。

御嶽党の若侍たちは依然地面に座り込んだままだったものの、痛む箇所があるのを忘れて、二人の勝負の行方に目を凝らした。

弥藤と名乗った娘も両手を胸の前で握りしめ、固唾《かたず》を呑んでいる。

「平四郎、甘く見るな。そやつはできるぞ」

陣内の声が飛んだ。

声を掛けられた男は右手に握った木切れを左手に持ち替え、さらに元の右手に戻した。

これが、兵馬の目には遊んでいるように映り、腹立たしかったのだろう。

「舐めるな」

怒鳴って頭上の大刀を振り下ろした。

強風に舞う凧《たこ》の糸に似た音と共に禍々《まがまが》しいきらめきを放つ白刃が宙を切り裂いた。

後方に飛び下がった平四郎を襲った二撃目は太刀先にあった人の腕ほどの太さの杉の枝を叩いた。

さすが千子村正である。

まるで指の太さの細い小枝でも相手にしたように簡単に切り落としてしまった。

三撃、四撃と息もつかず襲う兵馬の剣を平四郎は横へ後ろへと飛び下がりながらかわす。

兵馬の剣の腕は陣内が言ったとおり、並みではなく、短い木切れで反撃できるようなものではなかった。

「平四郎、抜け、刀を抜くんだ」

七兵衛が叫んだ。

「手に余るなら助太刀するぞ」

陣内も叫ぶ。

応じる余裕がないのか、聞こえていないのか、平四郎は無言で木立の間を走り抜けて、兵馬の五撃、六撃をかわす。

「鹿嶋新当流の棒術はもっぱら逃げるだけか。尾張者の兵法は口先だけか」

兵馬が罵っても、平四郎の足は止まらない。

「卑怯者、それでも侍か、うぬは恥を知らぬのか」

口汚く罵倒しても、平四郎は反撃しようとしない。

やがて、後退する一方だった男の足が枝を大きく広げた山桜の大木の下で止まった。

「見事な桜の木だと思わぬか」

場違いな言葉を口にした平四郎は息を切らせている様子もなく、目元に微かな笑みさえ浮かべている。

「なにっ、桜？　桜がどうした」

怒鳴った兵馬のほうは肩で息をしていた。

「この桜の下にはおそらく武田勢と木曾勢の合戦で討ち死にした武者の屍《しかばね》が幾つも横たわっておるに違いない。これだけ大きな桜だ。春が来る度に、さぞかし見事な花を付けることだろうな。はらはらと風に舞い散る桜の花びらはこの地面を白く染め、厚く降り積もった落ち葉の下で眠る武者たちを悼むわけだ」

「くだらぬことをほざいておる場合か。うぬもその屍の仲間入りをさせてもらえ」

一息ついて、また刀を使う気になったのだろう。兵馬は白刃を持ち直し、襲う体勢をとった。

平四郎は太い山桜の幹を背にして立っている。右手は樫の木切れを握り、左手は頭上に覆い被さった桜の長い枝先を摑んでいた。

「逃げぬところをみると、どうやら観念したようだな。辞世の歌を詠《よ》む気があるなら暫時《ざんじ》待ってやってもよいぞ」

　後ろに下がることのできぬ平四郎は左右に飛ぶしかないが、左側は灌木の茂みが邪魔をしていた。右に逃げるしかない相手を仕留められぬはずはない。

　勝負はついたと考えた兵馬は薄笑いを浮かべて言った。

「辞世の歌か。この桜でも織り込んでしゃれた歌でも詠みたいところだが、生憎おれは無粋で歌心を持たぬし、何よりまだ死ぬ気はない。地面に這わねばならぬのはおぬしゆえ、そちらが詠んだらどうだ」

「まだ大口を叩く気か」

　怒鳴った兵馬が刀を振りかぶり、弾みをつけて前へ大きく踏み込んだ。

　右へ逃げるはずの相手の動きを計算に入れての鋭い打ち込みだった。

　ところが、平四郎はどの方向にも逃げなかった。

　逃げる代わりに左手で摑んでいた山桜の枝先を放した。

　弓弦のように曲がりしなっていた長い枝が踏み込んだ兵馬の鼻先へ撥《は》ね飛んだ。

　不意に視界に飛び込んできた木の枝を刀で払いのけた兵馬の胴はがら空きになった。

「ばふっ」

　脇腹を樫の木切れに襲われた兵馬の口から白い飛沫《しぶき》が飛んだ。

平四郎の第二撃は刀を摑んだ相手の腕を叩き、三撃目は腰骨を見舞った。

「くーっ」

地面に倒れ込んだ兵馬は二、三度もがいたものの、どこぞの骨が折れたのだろう。苦痛を訴える呻き声を洩らすだけで、起きあがろうとはしなかった。

耳売り商人

「その兵馬とかいうたわけ者はまさか死んだのではあるまいな」

横になって小笹に腰を揉ませる宗春は眠そうな声を出した。

「いや、腕と脇腹の骨が折れ、腰骨にひびが入ったようですが、命に別状はありますまい」

旅籠の二階部屋から見える山肌に気を取られている平四郎に代わって陣内が答えた。

「しかし、当人は動けぬのであろう。今頃は熊にでも食われておりはせぬかな」

「奴から泊まっておる旅籠を聞き出し、ここへ戻る途中、仲間の者どもに助けに行くよう声を掛けてきましたゆえ、大丈夫でござりましょう」

「そやつの旅籠はこの近くなのか」

「ええ、ここから七、八軒離れているだけです」

「公儀の手の者は相変わらずしつこく付きまとい、わしの旅を台無しにしようとしているわけだな。小笹、もう少し力を入れて揉んでくれ。おい小笹、聞こえておるのか」

「あ、はいはい」

慌てて返事をした娘の目は、開け放たれた明かり窓から見える山の緑に視線を漂わせる平四郎の横顔に向けられていた。

「で、山賊どもはどう始末した。平四郎は奴らに十ずつ棒切れを喰らわせたのか」

「いえ、結局、一つも喰らわすことなく放免してしまいました。ま、兵馬相手に走り回ったので、さすがの平四郎も疲れてしまったのでござりましょうな」

「弥藤という女はそれで承知したのか」

「血を分けた肉親が木切れで無惨に叩かれるのを本心で望む女はおりますまい。何も申さず黙っていました。ただし、弟たちを促して立ち去る際、日を改めてご懲罰は受けさせますと頭を下げましたゆえ、まだ叩かせる気でいるのやもしれません」

「妙な女じゃな」

「いかにも妙な娘です」

「したが、あの娘、ただ者ではないぞ。こちらが気圧されるような気品を漂わせておったし、賢そうな美しい瞳《め》をしておった」

七兵衛が顎を撫でながら口を開いた。

「きれいな人だったんですね」

呟いた小笹の目が一瞬光った。

「そうさな、きれいには違いないが、美しさという点では小笹のほうが上だろうな」

「……」

聞こえなかったふりをして宗春の腰を揉む娘の顔は満足げである。

「山賊の頭目を弟に持つ女のことなぞどうでもよい。わしが知りたいのは……」

と宗春が眠そうな声で口にしたのは三菜という名だった。

「どうやって探し出すか思案していたところじゃが、うまい具合に、そちたちの留守中にあの男がやってきおった」

「あの男と申されますと」

「耳売り弥平次《やへいじ》じゃ」

「えっ、あ奴がこの宿へやってきたのですか」

耳売り弥平次というのは、甲州《こうしゅう》透波《すっぱ》高坂《こうさか》党を祖先とする男で、諸国の大店商人に様々な情報を売り歩く商いをしており、宗春一行はみな以前会ったことがある。

「ああ、われらを狙う公儀隠密に新手の凄腕の男が加わったという情報を報せにな」

「風谷兵馬のことでござりますな」

「そうだ。で、弥平次の顔を見たついでに頼んでおいたのじゃ。三菜という女を探してくれとな」

「……」

陣内は平四郎と七兵衛のほうを見て、やれやれという顔をした。

「弥平次は快く承知してくれたぞ。この宿場で訊いて回れば直ぐにわかることでしょうから、五両でお引き受けいたしますと申してな。銭は陣内に求めるよう申しておいたので弥平次が姿を見せたら払ってやれ」

「五両でござりますか。ちと高いようですが、承知いたしました」

と応えるしかない陣内は大きな溜息をつきたい気持ちだった。

腕のいい弥平次の手にかかれば三菜を探し出すことは簡単だろう。

もし陣内たちの憶測どおりに簑輪屋の内儀が三菜本人だとすれば、宗春は決して朗報を受け取ることにはならない。この旅に出てきたことを大いに後悔するに違いない。

陣内は平四郎と七兵衛に目配せをした。

むろん、簑輪屋の内儀のことは一切しゃべるなという合図だった。

話を葬り沢へ戻すと、作次郎を御嶽党から取り戻すことができた簑輪屋作兵衛は、倅の無事よりも身代金五十両を払わずに済んだことのほうを喜んだ。

懐の胴巻きを押さえてただ相好《そうごう》を崩《くず》すだけの男に陣内は言った。

「おぬし、忘れておらぬか」

御嶽党と風谷兵馬とのやりとりで侍であることを知られた陣内は、もう尾張の材木問屋六角屋の番頭を装う口のききようはしなかった。

「へい、何でござりましょう」

吝嗇大尽も侍と承知しての応じようである。

「何でしょうだと……。おぬし、親として倅を救ってもらった礼を言う気はないのか」

「あっ、これは迂闊《うかつ》でござりました。ありがとうござります。助かりました。本当に助かりました」

腰を折り曲げ、幾度も頭を下げる。

「それだけか」

無闇に頭を下げるだけの男を陣内は睨んだ。

「へっ？　と申されますと」

「しらばくれるな」

「へい、ようわかりませぬが」

首を傾げる作兵衛は真顔である。

「あきれた奴だな。おぬし、まさか口で礼を言うだけで済ませるつもりではあるまいな」

「お礼を申し上げるだけでは足りませぬか」

「訊かねば判らぬのか」

「なにせ歳をとると頭の回りが悪うなりますので。へへへ……」

額を叩いて笑う男はあくまでもしらばくれるつもりらしい。

「箕輪屋、おぬしは商人《あきんど》だったな」

「へい」

「ならば判るはずだ。御嶽党は倅作次郎の身代金として五百両を要求してきた。そうだったな」

「へい、確かに」

「ところが、五百両どころか、渋りながらも出す覚悟をしていた五十両すら取られることなく倅を取り戻すことができた。大した稼ぎをしたことにならぬか」

「ま、稼いだと言えば稼いだことになりましょうかな」

「おぬしは五十両丸儲けをしたと思っておるようだが、五十両稼ごうとすると、それなりに元手がかかる。おぬしも商人ゆえ判っておろう」

「へい、ま、元手なしというわけには参りませぬな」

「後学のため訊いておくが、おぬしの店で五十両の品物を売ったときの儲けは幾らだ」

「へい、十五両というところでしょうか」

「十五両も儲けるのか。品物を作る職人や荷を運ぶ馬子の手間賃を値切っているというのは本当だな。わしのほうはそうはいかぬぞ。おぬしの儲けは十両だ」

「へ？　どういうことで」

「鈍い奴だな。五十両の稼ぎはわしらの流した汗あってこそではないか。その手間賃が四十両、おぬしの儲けが十両というわけだ」

「へへへ……」

急に笑い出した簑輪屋はしきりに首を横に振った。

「何がおかしい」

「何がおかしいって、おまえさまのもっともらしい理屈は世間じゃ通用しませぬわい。けれども、ま、ひとまず筋は通っておる。へへへ……首をひねりはするものの、おかしなことに筋は通っておる。承知しました。この簑輪屋も商人じゃ。手間賃を払いましょう。でも、わしの儲けは十五両ということで如何ですかな」

「わしらが三十五両ということか。きりが悪いな」

「きりが悪くても十五両以上は鐚《びた》一文払う気はありませぬぞ」

「どうだ、わしらが三十両、おぬしが二十両ということで手を打たぬか」

「へ？」

作兵衛は大きくもない目を剝いた。

「おぬしはまた五両儲けたことになり、わしらも納まりのいい銭を受け取ることになる」

「確かにその通りで……」

「わかったら気持ちよく三十両出せ」

「へいへい、喜んで払わせていただきます」

懐の胴巻きを探った男は悪くない商いをしたという顔で小判を取り出し、陣内に手渡した。

受け取った陣内は手のひらの金の方に顎をしゃくって言った。

「おぬしの取り分を二十両に増やしたのは詫びねばならぬこともあったからだ。すでに気付いておろうが、われらは六角屋の奉公人ではない。ゆえにおぬしのところの品物を扱う店を尾張名古屋に開くという、あの話は口から出まかせを申しただけで偽りだ」

「おまえさまは律儀なんですねえ」

簑輪屋は感嘆したような声をあげた。

「わしは侍なれど、軽禄で食うていけぬゆえ骨董屋もしておる。さればおぬしと同じ商人よ。商人はあこぎな真似をすると一時は栄えても長続きせぬと、わしに骨董商の手ほどきをしてくれた人に教えられた」

「へい」

「だから律儀を通しておるのだ」

「なるほど」

「おぬしは銭に不自由しておらぬゆえ、骨董の一つや二つは集めておろうな」

「そりゃあ、ま、骨董は嫌いではござりませぬわい」

「いつか掘り出し物を見付けたら、買値で売ってやる」

「へい」

「わしは値打ち物しか扱わぬゆえ、それを売ればたちどころに十両や二十両は儲かる。楽しみにしておれ」

「へい、ありがとうございます」

頭を下げた作兵衛は実に嬉しそうな表情《かお》になっていた。

陣内は後刻、七兵衛に語った。

商いは相手を喜ばせ、さらには感謝させて、しかもきっちり儲けるところに醍醐味《だいごみ》がある――と。

作兵衛相手に陣内が饒舌《じょうぜつ》をふるった理由はここら辺にあったらしい。


小笹に腰を揉ませる宗春の元から三人の同心が自分たちの部屋へ戻る途中、陣内は旅籠の亭主に、弥平次という男がやってきたら報せて欲しいと耳打ちすることを忘れなかった。

もちろん、耳売りが宗春に三菜の情報を届けるのを阻止するためである。

「陣内よ、判っておろうな」

部屋へ入って、それぞれがくつろぐ姿勢になるや、肘枕で寝そべった七兵衛は大声を発した。

「ああ、判っておる」

陣内も同じように寝そべっていた。

「何が判っておるか申してみよ」

「酒をのませろであろうが。三十両入ったのだから今夜の宿の飯には旨い酒を付けるようにしてくれと言いたいのであろう」

「その通りだ」

七兵衛は満足げに頷いた。

「膳に酒は付けさせるが、銚子の数はそれぞれの働きに応じてということにせぬか」

「働きに応じて？　よう判らぬな」

「簑輪屋から三十両せしめるに当たって一番汗を流したのは誰だと思う。やはり、平四郎だろうな。その次は十両しか出さぬ気だった吝嗇大尽を弁口で丸めこんだこの陣内様だ。御嶽党どもの馬を隠しただけのおぬしは当然三番目ということになる」

「咬《か》みつこうとしたり、後ろ足で蹴ろうとする五頭の馬どもを隠したのじゃ。決して楽をしたわけではないぞ」

「しかし、われらより働いたとは思っていまい。働きはやはり三番目よ」

「ま、三番目でもかまわぬが、おれの膳の銚子はおぬしたちより少なくなるのか」

「そうさな、一番働きの平四郎は銚子五本、二番働きの陣内様は三本、三番働きのおぬしは一本というところかな」

「たわけたことを申すな。頼むからせめて三本くらいは呑ませてくれ」

「いや、おぬしは一本だけだ」

人差し指を相手の鼻先に突きだした陣内の目は笑いをこらえている。

「七兵衛、気を揉まずとも酒はたっぷり呑ませてやる」

窓際であぐらをかき、二人のやりとりを聞いていた平四郎が口を開いた。

「陣内が一本しか呑ませぬと言うたら、おれの分を三、四本回してやるゆえ安心しろ」

「今の言葉聞いたか、陣内様よ。おぬしと平四郎ではやはり人間のできが違うようだな」

「やかましいわ。へらず口を叩くと一本も付けぬことにするぞ」

陣内がさらに何か続けて七兵衛をからかおうとしたとき、足音と共に戸口から顔を覗かせた宿の女中が「弥平次という方がおいでになられましたが、如何《いかが》いたしましょう」と小声で告げた。


耳売り弥平次の話が終わると三人の同心は申し合わせたように溜息を洩らした。

「もう探し出したとは恐れ入った腕前だが、やはり、簑輪屋の内儀が宗春様の探しておられるおなごだったというわけか」

腕組みをした陣内が眉間の皺を深くして呟いた。

「で、おぬしはあの内儀に会ったのか」

いったん腕組みを解いた男は手持ち無沙汰になって再び腕を組み直した。

「むろん、会って、それとなく本人であることを確かめましたわい」

「どう思った」

「と申されますと」

大きな鼻としゃくれた長い顎を持つ四十男は首を傾げた。

「三菜というあの内儀を見て、どう思ったか聞いておるのだ」

「歳をとった女でも、良い亭主、子供、舅姑、隣人知人に恵まれた者は、若い頃とはまた違った深みのある美しさを持ち合わせているものじゃが、あの女は逆の人生を送ってきたのでしょうな。らちもないことをわめき立てる下品な女と言うしかございませぬわい」

「やはりそう思ったか」

「あれなら悪所のやり手婆が立派に務まりますぜ」

「うん、わしもそう思う。弥平次、万五郎様に箕輪屋の内儀のことはお報せするな」

「それはまたなにゆえで……」

「おぬしなら言わずとも判るはずだ」

「ま、見当がつかぬでもありませぬ。つまり、宗春様いや万五郎様の夢を壊したくないということでござりましょう」

「ああ、その通りだ。万五郎様は若い頃一夜を共にした三菜という娘を、清冽な清水の湧き出る谷間に咲いた山百合のような娘だったと申された。公儀から蟄居謹慎を命じられている身にもかかわず危険を冒して此度の旅に出てこられた目的の一つは、その山百合の君に会うことじゃった」

「それは六角屋様から伺いました」

「長年、胸の中で大事に温めてきた山百合の君がやり手婆のような女になっていたと知ったら、万五郎様は……」

「大いに落胆されましょうな。夢を壊されて悲しまれましょうな」

「それを承知で、おぬしは、お探しの方が判りました。簑輪屋という商人の内儀がその方でござります——と報せるのか」

「耳売りは、お引き受けしたことを粗漏《そろう》なくきっちり果たさねば信用を失い、商売を続けることが難しくなります」

「依頼主にとって好ましくない情報は届けぬほうが親切というものではないのか」

「いいえ、好ましい情報かどうかを判断するのは手前ではなく依頼主様ですわい」

「融通のきかぬ奴だな。手間賃の五両は払うゆえ、お探しの方は見付かりませなんだと報告してくれぬか」

「たわけたことを申されますな。おなご一人見付けることができなんだとなれば、この弥平次の面目が立ちませぬわい」

「ならばこうしよう。三菜は亡くなったということにしてくれぬか」

「えっ、殺してしまうので……」

「そうだ。見付からなんだと報告すれば、万五郎様のことゆえ、もっと探せと申されるに決まっておる。したが、死んだと言えば、お諦めになるだろう。うん、これしかない。われながら見事な思案だ。弥平次殿よ、頼むから死んだことにしてくれぬか。むろん、手間賃の五両は今すぐにでも払うぞ」

「……」

耳売りは虚空を見つめ、腕組みをして考えこんだ。

やがて独り頷き、陣内のほうに向き直った。

「へへへ……」

揉み手をして含み笑いをする。

「なんだ、何がおかしい」

厭な予感を覚えた陣内は相手を睨みつけた。

「耳売りの信用に傷が付くのを覚悟の上で偽りの報告をするとなれば相応のものを頂戴しなければなりませぬが、よろしゅうございますかな」

「五両では足らぬと申すのか」

陣内は苦い顔になっている。

「むろん足りませぬわい」

「抜け目のない奴だな。幾ら載せたらいい」

「へへへ……世間で通用する金額でよろしゅうございます」

「世間で通用するだと……、一両か」

「ちと足りませぬな」

「強欲な奴だな。二両か」

「いえいえ」

「この野郎、何両出せと申すのだ」

「倍ということで……」

「なにっ、つまり合わせて十両か」

「へい、それなら世間で通用しましょうな」

「けっ、何ともいまいましい奴だな。半日足らずで調べ上げたことを五両で買わせるのさえ、あくどいと思っておるに、十両払えとは呆れるわ。よかろう。十両払ってやろう」

「ありがとう存知ます」

「手を出すのはまだ早い。行きがかりの仕事として引き受けてもらいたいことがある」

「何でござりましょう」

「三菜が亡くなったと伝えたら、万五郎様はおそらく墓に手を合わせたいと申されるに違いない」

「そうやも知れませぬな」

「墓の在処《ありか》が判らぬと答えれば、探せと申されぬに決まっておる。で、頼みたいのだが、三菜の菩提寺《ぼだいじ》を探しておいてくれ」

「死んでもおらぬ者の菩提寺をどうやって探すので……」

「気のきかぬ奴だな。適当な寺を見付け、住持に、三菜という女が葬られておることにしてくれと話をつけるのだ」

「話をつけるのはよろしいが、墓はどうなさるのじゃ。万五郎様が手を合わせに行きなさるのでござりましょうが……」

「雨風に当たって墓石の文字が読めぬようになっているのを探せばいいさ」

「なるほど」

「引き受けてくれるな。念のため申しておくが、この仕事に銭はもう払わぬぞ。十両のうちの仕事だと思え」

「へへへ……」

「どうした。笑っておらず、引き受けるかどうか答えろ」

「凄腕の骨董屋と言われるだけあって、陣内様はさすが抜け目がござりませぬな。承知しました。三菜の菩提寺を探すことにいたしましょう。ということでよろしゅうございますな。では……」

弥平次は陣内の鼻先に手のひらを突き出して報酬の十両を催促することを忘れなかった。

頭目の姉

翌朝、旅籠の朝飯を済ませたばかりの平四郎たちの元へ思いがけない客がやってきた。

御嶽党頭目の姉だと名乗った弥藤という女である。

葬り沢を去る際、彼女は平四郎たちの泊まる旅籠の名を訊いた。何のためかと思ったものの、別に隠す必要はなかったので教えておいたのだが、こうして訪ねてくるつもりだったのだろう。

「お頼みしたきことがあって参りましたなれど、まずはこちらの身分素性を申し上げることにいたしましょう」

宿の女中に案内されて、もぐら同心たちの部屋に入ってきた弥藤は、短い挨拶を済ませるなり切り出した。

葬り沢に現れた昨日の弥藤は火事頭巾で顔を隠し、男ものの馬乗袴を付けていたが、この日の彼女は、長い黒髪を頭の上で緩やかな曲線にまとめ上げた勝山髷に、紅梅色の小袖という、一見して武家の娘と判る姿をしていた。

「私は……」

と言った弥藤はしばらくためらった後、続けた。

「鷲湖城《がこじょう》の年寄の娘でござります」

「鷲湖城？　確か松平《まつだいら》様の居城松本城のことでござるな」

陣内が聞き返した。

「はい」

「と申されると、そこもとのお父上は松本藩のご家老か」

「国家老でござります」

「ほう」

陣内は続ける言葉を失って平四郎と七兵衛と目を合わせた。

彼女が言葉どおりの身分だとすれば、表高六万石、実高八万八千石の有力藩の重職の倅が山賊ということになる。驚かないわけにいかなかった。

「ここへお邪魔した用件を申し上げてもよろしゅうござりますか」

無言で顔を見合わせているだけの男たちに娘は声を掛けた。

「お伺い致しましょう」

座り直した陣内が頷く。

「千村平四郎殿、わが弟慎三郎《しんざぶろう》を助けていただくわけにまいりませぬか」

「助ける？　みどもが何を助けるのでござりましょう」

応じた平四郎の声は鼻にかかっていた。朝飯を済ませたばかりで、まだ眠気が十分に覚めていないせいである。

「弟を全《まっと》うな男にする手助けをお願いしたいのでござります」

「よう判りませぬな。弟御というのは昨日、鳥居峠で……」

「ええ、千村殿に打ち据えていただいたあの愚か者でござります。私のお願いを聞いていただくにはまず、慎三郎がなぜ御嶽党などと名乗って愚かな真似を始めるようになったか辺りからお話ししたほうがよろしいでしょうね」

頷く平四郎に弥藤はときどき声を詰まらせながら語り始めた。

慎三郎は松本藩国家老薄田外記《すすきだげき》の三番目の男子として側女《そばめ》の腹から生まれた。五歳で病弱の母親を亡くしてしまった腹違いの弟を、弥藤は可愛がった。それは、周囲の者をして三つ違いの姉というより母親のような可愛がりようだと言わせるほどのものだった。

慎三郎のほうも弥藤を慕い、小さな頃は手水場《ちょうずば》へさえ付いてくるほど四六時中、姉の傍にいたがった。

二人の成長に連れて、こうした関係も薄れ、別々の時間を過ごすようになりはしたものの、仲の良さは変わらず、顔を合わせると、親しく言葉を交わした。

慎三郎が姉を避けるようになったのは十九歳になった弥藤に縁談が持ち込まれ始めた二年余り前からである。

屋敷内でこちらの姿を見ると、顔をそむけるようになった慎三郎の悪い噂が耳に入るようになった。

藩校を無断で休み、城下の水茶屋にたむろしていたとか、藩の武芸師範に稽古をつけてもらっているはずの時間に城の南を流れる女鳥羽《めとば》川の土手で寝ころんでいたとか、という類の噂だった。

ある日、心配した弥藤が慎三郎の部屋を訪れ真偽をただすと、姉の顔をまともに見ようとせず、ふて腐れた態度をとっていた彼は声変わりし始めたばかりの中途半端な声で言った。

「部屋住みの身が決まっている側女の子が何をしようといいじゃないか。余計な心配をせず姉上は早く嫁に行けよ」

弥藤が涙ながらに、情けないことを申されますなと叱ると、慎三郎は黙り込んでしまったが、最後まで反省する様子はみせなかった。

やがて、悪い噂は父外記や長兄の耳にも入るようになり、厳しい叱責を受けたが、慎三郎の素行は改まらなかった。

というより、むしろ非行の程度は悪くなるばかりで、彼同様に親兄弟を困らせている評判のよくない仲間とつるみ、怪しげな茶屋で泥酔騒ぎを起こしたり、果ては悪所で早すぎる女郎買いに走るまでになった。

つるむ仲間はいずれも慎三郎同様の上士の二、三男。部屋住みの身ばかりだったから当然、遊ぶ金には不自由していた。

親の手文庫から小銭をくすねたり、屋敷に出入りする町人に無理を言うだけでは足りなくなった彼らはとんでもないことを思いついた。藩領外の鳥居峠で御嶽党を名乗り、新しい鳥居建立《こんりゅう》の資金を募るという名目で遊ぶ金を稼ぐことだった。

弟の非行に神経を尖らせていた弥藤は馬で遠出するようになった弟の行動をいぶかしみ、後を付けた結果、追い剝ぎまがいの行為を目にすることになった。

慎三郎とその仲間の若者たちを厳しく叱った彼女は、奪った金を返させ、二度と愚かなことをせぬよう誓わせた。

ところが、約束は守られることなく、御嶽党の追い剝ぎは繰り返されたため、後日悪事を知ったときなどは手をつくして被害者を探し出し、金を返させるようにし、慎三郎たちが奪ったものを浪費してしまった場合は、弥藤が自分の笄《こうがい》や簪《かんざし》など売って返却に当てた。

　彼女のこうした後始末があったからこそ、御嶽党の悪事はこれまで大きな問題にならずに済んできたのだが、女ひとりがどう走り回っても、慎三郎たちが非行を改めようとしない限り、これまでの所行が父親はもちろん、藩や道中奉行にも知られるところとなり、大変なことになる。

　これが心配で弥藤は昨春まとまった縁談の祝言を、体調を口実に先延ばししてもらっていたのだが、もう無理は言えなくなっており、約ひと月後には嫁がざるをえなくなっている。

「私がいなくなれば、慎三郎はきっとやりたい放題の日々を送り、果ては家名に傷をつけ、重い咎《とが》を受けることになりましょう。千村殿、なんとかあの子を悪の道から引き戻し、立ち直らせていただくわけにいかないでしょうか」

　語り終えた弥藤は三つ指をついて深々と頭を下げた。

「まずはそのお手を上げていただけませぬか」

　黙って聞いていた平四郎が口を開いた。

目を潤ませ、声を詰まらせて語る相手の話に真剣な顔で耳を傾けていた彼は、途中から背筋を伸ばし、座り直していた。

「お困りなのはよう判りましたが、弟御を改心させるという大事な、しかも極めて難しい役を、たった一度お会いしただけの、言わば通りすがりの者にすぎぬ旅の途中のみどもに持ち込まれたのはなぜでしょう」

「学問や武芸の師を務めていただいている方やしかるべき寺の和尚様などにお願いすることも考えたのですが、慎三郎の恥ずかしい行いは藩内の誰にも知られたくございませぬ。それにこうしたおひとたちでは、家老の子への遠慮が出て、厳しい教えが期待できませぬ」

「この千村平四郎ならそれができると……」

「ええ、きっとご容赦なさらぬと思っております」

「見込んでいただいたのは至極光栄なれど、お眼鏡《めがね》違いでございましょう。葬り沢であの風谷兵馬なる者が申していたように、みどもは身分軽き者、家老殿のご子息に何かを教えるような立場にはござらぬ。しかも主人と共に旅をしている身、今のお話はやはり、お引き受けするわけには参りませぬ」

「そう申されず、なにとぞ助けてくださいまし」

弥藤は再び指をついて頭を下げた。

乱暴な足音と共に入り口の戸が開き、宗春が入ってきたのは、平四郎が断りの言葉を繰り返そうとしたときだった。

「小笹のやつ、珍しく朝飯を少ししか食べなんだと思ったら風邪をひいたらしい。誰ぞ医者を連れてきてくれぬか」

早口で言った宗春の視線が弥藤を捉えた。

「ほう、客人か」

と呟く彼に向き直って頭を下げた弥藤は、とっさに宗春が平四郎たちの主人であり、しかも身分の高い武家であることを察知したのだろう。折り目正しく自己紹介をした後、この宿を訪ねてきたいきさつと目的までも包み隠さず簡潔に語った。

「薄田外記殿の娘御とな」

弥藤が名乗ったとき、こう呟いた宗春は明らかに外記を知っている様子だったが、彼女が問い返すと口を濁した。自分の素性正体を知られてはならぬと思ったからに違いないが、相手の丁重な口のききようから、大身の武家であることは悟られていると考えたのか、下手な町人言葉は使わなかった。

「ふむ、で、平四郎が断ると申したのじゃな」

弥藤の話を聞き終えた宗春は腰を拳で軽く叩きながら言った。

「はい」

「平四郎という男は武芸の腕は立つけれど、面倒事を避けたがるものぐさ者の薄情者じゃ。したが、案ずるには及びませぬぞ。わしが引き受けさせてやりますゆえ安心なされ」

腰を叩いていた拳で胸を叩いた宗春は、何か言おうとする娘を遮って、平四郎のほうに向き直った。

「聞いていたであろうな」

「いかにも伺っておりましたが、人に正しい道を教え、誤った道から救い出す力なぞ、わたしは持ち合わせておりませぬ」

「たわけ、﨟長《ろうた》けた若き女性《にょしょう》が困り果てて、涙ながらに助けてほしいと頭を下げておるのをむげに断るつもりか。そのような薄情な真似はわしが許さぬ。たとえ力不足であろうと、できるだけのことをやって差し上げるのが武士というものじゃ。予《あらかじ》め言うておくが、救うのは慎三郎という若者だけではないぞ。御嶽党を名乗る彼の仲間全員をまっとうな男にするのじゃ」

「ご無体を申されますな」

「黙れ、このわしが手伝《てつど》うてやる。むろん、陣内も七兵衛もそちを助けることになろう。二度と断るなどと申したら、ただではおかぬぞ」

声を荒げた宗春は弥藤の肩に手を置いて言った。

「平四郎たちとその若者たちが一緒に寝起きする場所を探しておいてくださらぬか。腐った性根を叩き直すための場所じゃ。そうさのう、どこぞの寺がよいな。寺でしばらく修行すると言えば、若者どもが家を抜け出しても親兄弟は納得するであろうからな」

「承知しました。城下に心当たりの寺がござりまする。そちら様四人と弟たち五人の九人をしばらく寝泊まりさせてもらうよう住持殿に頼んでおきます」

女の声はすっかり明るくなっていた。

「いや、若者どもと一緒に寝泊まりするのは平四郎たち三人だけじゃ。わしと、旅を共にし世話をしてくれる小笹という娘の二人はその寺の近くの旅籠で泊まることにする。なにせ寺は抹香臭いし、飯もまずいからのう」

「寺が嫌いなのはわれらとて同じでござる。こちらの三人も旅籠に泊まって、その寺に通うことにいたしましょう」

寺と聞いたとき顔をしかめた陣内が口を挟んだ。

「たわけ、考えてもみよ。寝食を共にせねば若者どもと心が通うまい。心を通わせねば何事にせよ教えることはかなわぬぞ。そのほうたちは寺でよい。いや、寺でなければならぬのじゃ」

一喝した宗春は顔を曇らせて続けた。

「先ほど耳売り弥平次が痛ましい報せを持ってきおった。三菜はむごいことに若くして逝《い》ったそうじゃ。菩提寺を探すよう申し付けておいたゆえ一両日中に判るであろうな。されば、わしがこの奈良井を発つのは三菜の墓参りを済ませてからじゃ」

「えっ、三菜様は亡くなられましたのか」

一斉に声をあげた三人の同心の様子はいかにもわざとらしかったが、宗春がその不自然さに気づく様子は見られなかった。

玄《げん》明《みょう》寺《じ》

歳は六十で名は仁蔵《にぞう》というのだそうだ。

弥藤がもぐら同心たちの元へ寄越した松本への案内役を務める老爺である。

歳の割に背筋がぴんと伸びており、足腰が丈夫で口も達者、顔の色艶もいい。

薄田家に小者として奉公するようになって四十六年。身分は低いものの、同家奉公人の主のような存在らしい。

松本の城下に着いたところで、仁蔵爺さんは西の彼方に見える屏風《びょうぶ》のような山々を指差して教えてくれた。

「城の天守に登ればもっとよう見えるけんど、あれが常念《じょうねん》岳、左隣が穂高《ほたか》岳、そして焼《やけ》岳ですわい。どうじゃな、見事な眺めでござりましょうが」

教えてくれたのは景色だけではない。食べ物や水、酒がうまいの、人情が厚いのと、ひとしきり城下の自慢が続いた。

三人のもぐら同心が案内された玄明寺は城の南東に位置する小高い山の上にあった。

広い寺域には古松《こしょう》、老杉《ろうさん》がうっそうと繁り、聳《そび》える大木の間に本堂、庫裏《くり》、観音堂、秋葉堂などの建物が点在していた。

山門まで出迎えてくれた弥藤の先導で、まず庫裏に向かい、住持の老僧に挨拶をする。

玄明寺は母の在所の菩提寺であり、幼い頃から和尚様には可愛がっていただきましたと弥藤が紹介してくれた相手は、平四郎たちの素性もやってきた目的も諸事情を包み隠さず詳しく聞かされていたのだろう。何を尋ねるでもなく愛想よく言った。

「ご苦労なことじゃのう。連中は生意気で、ひねくれた青二才ばかりゆえ覚悟してかかりなされ」

弥藤によると、弟も小さな頃から私と共にこの寺に幾度も遊びにきていますということだから、住持は慎三郎もよく知っている口ぶりだった。

本堂に入ると、御嶽党の五人がふて腐れた顔で背を丸め、板床の上にあぐらをかいていた。

弥藤が強引に連れてきたということだが、何のために連れてこられたか知らされていない彼らはもちろん平四郎たちが来ることも教えられていない。三人の同心の姿を見て当然、大きく目を剝いた。

「慎三郎、行儀が悪い。そのあぐらはおやめなさい」

いきなり弥藤は弟に声を浴びせて若者たちを叱りつけた。

家老の娘は彼らにとって、おそらく怖い存在なのだろう。若者たちは渋々ながら座り直し、膝に手を置き、背筋を伸ばした。

「今日から暫くの間、そなた達はこの寺で寝起きしていただきます」

若者たちと向き合う恰好で正座した弥藤は凛とした口調で言った。

起こったざわめきは若者たちの不満を顕《あらわ》していた。

「何のためかは、ここにおいで願った千村殿、不破殿、薬丸殿がいま教えてくださるでしょうから謹んでお聞きなされ」

言い終わった娘は横に座った平四郎たちのほうに向き直って頭を下げた。

陣内に袖を引かれ、促された平四郎がおもむろに口を開いた。

「この顔は憶えておろうな」

人差し指を己の鼻先に当てた。

「改めて名乗ろう。尾張藩士居下組同心・千村平四郎だ。弥藤殿のご依頼でおぬしたちとこの寺で暫く一緒に寝起きすることにした。何のためかは追々判るであろうゆえ、いまは言わぬことにする」

陣内が、それだけで終わりなのか、という顔をしたが、平四郎が続ける気配はなかった。

「同じく尾張藩士居下組同心・不破陣内。平四郎と共に暫くここで暮らすことになっておる」

朋輩に習って短く切り上げた。

七兵衛はさらに省き、名を告げただけだった。

「姉上に言うておきたいことがある」

不意に慎三郎が口を開いた。

「どういうつもりで、われらをこのような腐れ寺で寝起きさせるのかを訊ねるつもりはない。また、そこの尾張者に何をさせるつもりかも訊かぬ。したが、これだけは言うておく。われらに何かを教えようとしておるのなら無駄なことじゃ」

「なぜ無駄なのです」

弥藤がきっとした表情《かお》で弟を睨んだ。

「耳を貸すつもりがないからじゃ。武士たる者の心得がどうの、人の道がどうの、孔子《こうし》が何を宣《のたま》ったかというような話はもう聞き飽きたわ」

「ま、なんということを……」

弥藤が続ける言葉に詰まって平四郎のほうを見る。

何かしゃべるよう催促されたと思ったのだろう。平四郎は面倒そうに口を開いた。

「鳥居峠で弥藤殿は確かおぬし達に棒切れを十ずつ喰らわして欲しいと申された。あのときは何やかやと忙しくて聞き流してしまったけれど、わしはひとに頭を下げられたら大抵の話は断らぬ。この寺にやってきたのはあの頼まれ事を果たすためだ。ただし……」

と一息ついて、こちらを睨む若者たちの顔を見渡した。

「棒切れを喰らわす前に、まず、そのかわし方を教えてやる。鳥居峠でも申したように、棒術をやるわしに十も喰らわされたのでは、おぬし達の躰がもたぬからな。むろん、かわし方なぞ教えてくれずともよいと思う者には教えぬ。痛い思いをするのはわしではなく、そちらだからな」

若者たちは平四郎を睨むだけで黙りこんでいる。

「どうする。棒のかわし方を学んでみるか。そのようなものは要らぬと思ったら遠慮せず申し出てくれ」

反応はなかった。若者たちは互いに顔を見合わせたものの口を開こうとはしない。

「黙っているところを見ると学ぶ気になっているのだな。だとしたら、おぬし達の名を訊かねばならぬ。名無しに教えるのでは何かと不便だからな」

「知行高《ちぎょうだか》千石の国家老薄田外記が三男慎三郎だ」

弥藤の弟がすかさず応じた。父親の知行高まで述べたのは、おれを軽く見るなよと言いたかったのだろう。

「知行高二百石の鑓《やり》奉行格郡《こおり》奉行隈部《くまべ》安右衛門《やすえもん》が二男礼次郎《れいじろう》だ」

葬り沢で最初に平四郎に襲いかかった顎傷の男が続いた。今日も肩を怒らせ、突っ張っている。

「知行高二百石山方奉行高坂四郎兵衛《こうさかしろべえ》の三男喜代太郎《きよたろう》」

吐き捨てるような言い方である。眉が細く目つきが鋭い。

「知行高百八十石預奉行木村孫吉《きむらまごきち》が二男繁四郎《しげしろう》」

痩せているので首がいやに長く見える男だ。

「知行高百五十石摺米《すりまい》所上役の河野鋭三《こうのえいぞう》が二男主水《もんど》だ」

頬に噴き出物があり、少年のような顔をしている。おそらく一番年下に違いない。

名乗る一人ひとりに頷いてみせた平四郎が何か言おうとしたとき、慎三郎が口を開いた。

「尾張藩士居下組同心の俸禄がいかほどのものなのか聞かせてくれぬか」

自分たちの家柄と比べる意図が見え透いた質問だった。

「そのようなことをお訊きする必要はないでしょうが」

弥藤が叱りつけるように言って遮ったが、平四郎はくったくのない顔で答えた。

「三十石だ」

「それでは食えまい」

慎三郎の口元に薄笑いが浮かんでいる。

「ああ、食えぬさ。食えぬゆえ、みな内職をやっておる」

「哀れなものだな」

「慎三郎、口をつつしみなされ」

弥藤が大声で叱ったが、平四郎は顔色を変えることなく言った。

「ほう、哀れと思うてくれるのか。それはありがたいが、おれは魚釣り竿造り、七兵衛は茶道具の焼物造りを楽しんでおるし、陣内は骨董商いを楽しんでおる。おぬしが思うほど哀れでもないぞ」

「ふん」

鼻先で嗤った慎三郎が次の辱《はずかし》めの言葉を投げつけようとしたとき、七兵衛が首筋を掻きながら言った。

「機会があったら茶碗の造り方を教えてやってもよいぞ。少なくとも追い剝ぎをやったり人を掠うよりは楽しいはずだからな」

唇を歪めた慎三郎が目を伏せてしまった。痛いところを突かれて用意した言葉を口にする気がなくなってしまったようだ。

若者たちが黙りこんでしまい、平四郎たちも口を開こうとしない。

本堂内に妙に重い空気が立ちこめた。

と——、平四郎たちの背後に位置する仏像のほうからゴジュカラの啼《な》き声に似た音が漏れてきた。

「ふぃふぃふぃ……」

全員の視線が注がれる
人影が現れた。

衣をまとった老僧である。

「あらっ、住持様」

弥藤が声をあげた。

背の丸い、瘦せた老僧は歯の抜け落ちた口元をほころばせている。ゴジュウカラの啼き声は和尚の笑い声だった。

「追い剝ぎより茶碗を造るほうが楽しいとはもっともな話じゃのう」

笑いながら甲高い声で言った。

弥藤が、住持様にはこれから何かとお世話になるのですからご挨拶をなされと言いかけると、手を振って遮り、慎三郎に話し掛けた。

「そこもとは林羅山《はやしらざん》様をご存知かな」

「むろん知っておる」

若者は唐突な質問に戸惑いながら応じた。

「東照大権現《とうしょうだいごんげん》様（家康）から厳有院《げんゆういん》様（家綱）までの四代にわたる将軍の侍講を務めた学者であろうが」

「ああ、その通りじゃ。ならば林信篤《のぶあつ》様、新井白石《あらいはくせき》様はどうじゃな」

「羅山のあと、歴代将軍の侍講を務めた学者だ」

「さよう、信篤様は四代将軍から八代将軍、白石様は六代様と七代様にそれぞれ侍講をなされた御仁じゃ」

「それがどうだというのだ」

慎三郎は住持を睨みつけた。

「ただ訊いておるだけじゃから、そう喧嘩腰にならずともよい。もう一つ尋ねるが、羅山様なり白石様なりから侍講をお受けになる際、公方様《くぼう》たちはどうなさるか知っておいでかな」

「知らぬ」

慎三郎は横を向いて答えた。

「わしは大御所様（吉宗）の侍講を務められた室鳩巣《むろきゅうそう》様から聞いたことがあるが、公方様といえど、終始膝を崩すことなく襟を正して耳を傾けられ、講義が終わると、頭を下げられて礼の言葉を口にされるそうな」

「ふん、和尚は室鳩巣に会ったことがあるのか」

「ああ、会ったことがある。しかし、そのようなことはどうでもよい。わしが言いたいのは……」

「教えを乞う者は身分の上下にかかわらず、師を敬うものだ。礼をつくすものだと申したいのであろう。さらには、七尺去って師の影を踏まずなどと言い出すつもりだろうが、聞き飽きたな。そうした類の話は聞き飽きたわ」

「慎三郎」

叱ろうとした弥藤を無視して若者は続けた。

「和尚よ、腹が減ってたまらぬゆえ抹香臭い説教なぞより、飯を食わせてくれ」

「飯か……、夕飯時までには一刻（約二時間）はあろう。まだ飯炊き爺さんは支度にかかっておるまい。ま、我慢することだな」

「いや、我慢はできぬ。すぐに食わせてくれ」

「住持殿」

平四郎が声をかけた。

「この者どもの飯の支度など要りませぬぞ」

「要らぬとな？」

老僧は首を傾げた。

「ああ要りませぬ。己の口に入れるものは己の手で作らせます」

「炊事をやらせるということかな」

「さよう、炊事だけではなく、寝起きする場所の掃除も身に付けているものの洗濯も、風呂を沸かすことも一切やらせます」

「そのようなこと、おれたちはやらぬぞ」

慎三郎が腰を浮かせて怒鳴った。

「やりたくなければやるな。腹が空いても飯が食えぬだけだし、汚れた衣服を着け、汚れた躰で過ごすだけのことだ」

淡々とした口調である。

「飯を作るのも、掃除、洗濯、風呂焚きも寺男か小僧の仕事であろうが。われら素性正しき身分ある者のやることではないわ」

「ならば訊こう。鳥居峠で旅人相手に追い剝ぎをやったり、奈良井宿の住人を拐かして金子を脅し取ろうとするのは素性正しき身分ある者のすることなのか」

「……」

慎三郎に切り返す言葉のあろうはずはなかった。ただ睨み返すだけである。

「改めて申し述べておこう。繰り返すことになるが、おれたちは先のある若いおぬしたちの所行を道中奉行に報せるつもりもないし、藩領奈良井宿の住人を拐かした罪を尾張藩士として譴責《けんせき》するつもりもない。しかし、その代わり、言うことを聞いてもらうぞ。己の飯は己の手で作れと言うたらその通りにしろ」

「……」

「黙っているところをみると異存はないということか」

平四郎は睨み返す若者たちを見渡した。

「ふむ、異存大ありと言いたげな顔をしておるな。よかろう。何のため、己の飯は己の手で作るべきか聞かせてやろう。いや……待てよ、おれは口べたなので、ここは陣内に話してもらうことにしよう」

平四郎は朋輩の顔を見て促した。

不意に代役をあてがわれた男は首を横に振って、おぬしが話せばよかろうというように顎をしゃくった。

拒まれた平四郎はしばらく言葉を探したあと、呟くように言った。

「人は存外能無しで、やれること、知っていることは限られておるものだ。それに気付くことは生きてゆく上で極めて大事なことなのだが、頭で考えるだけではらちが明かぬ。だから、おぬしたちは己の手で飯を作るのだ。飯を炊くには薪《まき》を割らねばならぬ。米を研ぎ、ほどよい水加減にもせねばならぬ。火加減も難しい。飯が炊けてもお菜なしというわけにはゆくまい。味噌汁を作るのもお菜を煮るのもなかなか手間がかかる」

「男子たるもの、飯なぞ作れずともよいわ。あれは女の仕事、身分低き卑しい男の仕事だ」

顎傷のある隈部礼次郎が怒鳴った。

「その女の仕事、身分低き男の仕事ができるかどうかやってみるのさ。おぬしは自分が能無しだなどとは思うてはおるまい。卑しい者どもにできることが自分にできぬはずはないと思うておるはずだ」

「ああ、その通りよ。飯ごときはいつでも作れるわ」

「そうであろうな。楽しみにしておるゆえ、せいぜい旨い飯を作ってくれ。となると、そろそろ支度にかからねばならぬぞ。まずは薪割りからだな」

平四郎は若者たちのほうに両手を煽《あお》って腰を上げるよう促した。

露骨に顔をしかめて堂外へ向かう背中を見送る平四郎の傍に寄ってきた弥藤が小声で言った。

「女の私ですらご飯の炊き方を知らぬというに、慎三郎たちにできるのでしょうか」

「ほう、そこもとはご飯を炊いたことがない？　なるほど、ご家老の娘御ともなると台所には入らぬわけか。しかし、据え膳もよろしかろうが、自分の手で炊いた飯、料理したお菜はひときわ旨いものです」

「千村殿はご自分でおやりになるのですか」

「やらねば飯にありつけませぬ」

「奥方様はおいでにならぬのですか」

「むさい独り身暮らしです」

「まあ、それはご不自由でござりましょうね」

二人は、本堂を出た若者たちを追って歩いている。

気をきかせた住持に案内される慎三郎たちは庫裏のほうに向かっており、彼らの後ろには陣内と七兵衛が付いていた。

「たしかに不自由をしておりますが、飯づくりなぞは案外楽しいものです」

「私もご飯の炊き方を覚えたほうがよいのでしょうか」

「……」

平四郎は聞こえなかったふりをして何も言わなかった。

男女、身分の上下を問わず毎日口にするご飯の炊き方くらい知らずして一人前の大人とは言えぬ。上手い下手は別として当然覚えておくべきことではないか。返事をするまでもあるまい――と思ったのである。

山門修行

雲水《うんすい》向けに用意された六畳の部屋は決して快適とは言えなかった。

塗り壁の一部が剝げ落ちているし、天井板には雨漏りの跡がみられ、襖は赤茶け汚れていた。

床に座った若者たちはいずれも不機嫌な顔をしている。

無理もなかった。

彼らの夕飯づくりは惨憺《さんたん》たるものに終わったからである。

最初に取り掛かった薪割りさえすんなりとはいかなかった。

薪割りは斧《おの》の重みにまかせて軽く振り下ろすだけでいいのだが、若者たちは力まかせに斧を振り回したため、余計な汗をかかねばならなかった。のみならず、高坂喜代太郎は節を割る際に手首を痛め、木村繁四郎は跳ね飛んだ薪を顔面に喰らって鼻血を流す羽目になった。

彼らは竈《かまど》の火の付け方も知らず、やたらに火吹竹を使ったため、舞い上がった灰で髪や顔を汚すことにもなった。

炊きあがった飯がまたひどかった。

米を研《と》がぬまま、でたらめな水加減、火加減で炊いたため、芯のある糠《ぬか》臭い飯となり、慎三郎などは一口食べただけで吐き出してしまった。

汁とお菜もまともではなかった。出汁《だし》なしで塩辛いだけの汁と焼き過ぎて半ば炭になってしまった干し魚は、いずれの膳の上からも消えることはなく、ほとんど残されることになった。

まともに飯を食っていない彼らは当然しゃべるのが億劫なほど腹を空かせていた。

この彼らに、平四郎がそれぞれ棒を造るよう命じたのだから不平の出ぬはずはなかった。

「何のための棒だ」

慎三郎が早速、平四郎に嚙みついてきた。

「明朝から棒術を教えてやることにしたゆえ要るのだ。何ゆえ棒の扱い方を学ばねばならぬかは改めて言わずとも判っておるな」

「どうやって造れと言うのだ」

「おぬしたちが飯をつくっておる間に確かめてきたが、この寺の裏山には樫の木が幾らでも生えておる。手頃な奴を切ってきて造るのさ」

「もう日暮れだぞ」

「いまから走れば提灯《ちょうちん》なしでも木の一本くらいは切れる。さ、採りに行ってこい」

床を叩いて促した平四郎は、こちらを睨みつけながら腰を上げる若者たちに、鉈《なた》は庫裏に寄って借りることにしろ、と声を掛けた。

出て行った慎三郎たちは半刻（約一時間）足らずで戻ってきた。それぞれに切り取ってきた樫の木を手にしている。

空腹と疲れと積もり溜まった不満のせいで険悪な表情になっている若者たちを見渡した平四郎は言った。

「突っ立っておらず、まずは座れ」

促しておいて油皿に火を入れる。もう灯りなしではいられない暗さになっていた。

「これから棒を造ってもらうことにするが、腹が減ってたまらぬというその情け無い顔ではろくなものができまい。どうだ、そうは思わぬか」

「いかにもその通りよ」

顎傷の礼次郎が怒鳴るように応じる。

「だとしたら飯を食おうではないか。おぬしたちの炊いた飯は喉を通らなんだゆえ、おれも腹は空いておるからな」

「飯があるのか」

　裏返った声だった。

「ある。いま持ってきてやる」

　首を曲げた平四郎は襖ひとつ隔てただけの隣室の陣内と七兵衛に声を掛けた。

　現れた二人は握り飯が山盛りの大きな木盆をそれぞれ手にしていた。

「うおーっ」

　若者たちは叫び声をあげた。

「食べる前に聞いておけ」

　早速手を伸ばそうとする若者たちを叱りつけた陣内が言った。

「この握り飯は、弥藤殿が飯炊き爺さんに頼んで特に作らせたものだ。おぬしたちでは口へ入れることのできる飯なぞ作れるはずはないゆえ、腹を空かせることになるだろう、と申されてな。されば、弥藤殿に大いに感謝して味わうんだぞ」

「姉上はまだこの寺におるのか」

　一つめの握り飯にかぶりついた慎三郎が陣内の顔を見た。

「おぬしたちをよろしゅう頼みますと頭を下げられて、とうに帰られたわ。どうした、姉上の情の深さがわかり、顔を見とうなったのか」

「けっ」

鼻先で嗤ったが、横を向いた顔には恥じらいの色が見られた。

若者たちは口をきくのも惜しいという顔で次々に梅干し入り握り飯にかぶりつき、添えられた沢庵《たくあん》に大きな歯音をたてた。

彼らの炊いた飯を一緒に食べるつもりだった陣内たちも空腹なのは同じである。二つ三つと握り飯に手を伸ばした。

「これを作るところをわしは見ておったが……」

と陣内が食いかけの握り飯を指差した。

「なかなかおもしろかったぞ」

「……」

食べるのに忙しいため誰も応じようとしない。

「飯を炊くときから水加減、火加減を熱心に爺さんに訊いていた弥藤殿が、握り飯の作り方もあれこれと尋ね、果ては自分で握ろうとなされた」

「ほう」

やっと七兵衛が相槌《あいづち》を打った。

「ところがな、うまく握れぬ。妙な形になったり、握り方が弱すぎて崩れてしまったりするわけよ。ま、握り飯というのは誰にでもできそうでいて存外難しいものだからな」

「姉上の作った握り飯はこの中にあるのか」

慎三郎が残り少なくなった木盆の上の握り飯を指差した。

「その飛び抜けて大きな奴がおそらく弥藤殿が作ったものだろうな」

陣内が言い終わると同時に若者たちの手が一斉に伸びた。

「たわけ、それはおれのものじゃ」

慎三郎がひときわ大きな握り飯を摑んだ礼三郎の腕をつかみ、大変な剣幕で怒鳴った。

二つの木盆は幾らも経たぬうちにすっかり空になった。

満足げに腹を撫でる若者たちを見渡して平四郎が口を開いた。

「どうだ、旨かったか」

若者たちは一斉に大きく頷いた。一人くらいはひねくれた返事をするのではないかと思ったが、意外に素直である。

「明日の朝も旨い飯が食いたいと思うか」

若者たちはまた無言で頷いた。

「ならば、飯炊き爺さんに、どうしたら旨い飯が炊けるか、水加減火加減を訊け。知らぬことは何であれ、人に訊くのだ。言うておくが、教えてもらうのだから頭を下げ、丁寧に頼むのだぞ」

「……」

返事はなかったが、訊くつもりはないと突っぱねる者もいなかった。

「腹が膨れたところで棍棒《こんぼう》を造ってもらうことにするが、訊きたいことはあるか」

「……」

若者たちは黙っている。

「おぬしたちは何も訊こうとせず飯づくりをやってしくじった。同じ過ちを犯すつもりか。たかが棒づくりと思わず、判らぬことがあったら遠慮せずに訊くがよい」

「……」

「よかろう。ならば始めてくれ」

促された若者たちはそれぞれに樫を削りだした。

寺の庫裏から借りてきた手斧を使う者もいるし、自分の脇差しで削る者もいる。いずれも気乗りしてやっているわけではないので、削り方はみな雑である。

目と目で言葉を交わし合った五人は早々と切り上げ、削り終えたものを一斉に平四郎のほうに突き出した。

その一つひとつに目をやった後、平四郎は口を開いた。

「おぬしたちはみな同じような長さの棒を造ったな。なぜ、その長さにしたのだ」

「わかりきったことを訊くな。棒術の棒は六尺と相場が決まっておろうが」

礼次郎が薄嗤いを浮かべて応じた。

「いや、流派によって五尺五寸のところもあるし、四尺二寸のところもある。主に六尺棒を用いる流派も腰までの長さや肩までの長さの棒が用意されておる。用いる者の背の高さ、膂力《りょりょく》などに応じて使い易い棒は違うということだ。だから背の高い薄田慎三郎と低い河野主水が同じ長さの棒を造ったのでは、どちらかが使いづらいということになる」

「……」

片頬にまだ薄嗤いを浮かべている礼次郎以外の者は不満顔ながら一応耳を傾けているようだ。

「もう一つ言うておくと、おぬしたちの造った棒は手元と先が一様の太さになっておらぬが、それでは使いものにならぬ。棒術の棒は刀や槍と違って、どこを摑んでも同じように振り回せるところに強みがある道具だ。つまり元も先もない棒でなくてはならぬのだ」

「たかが棒ではないか。太さが一様でなくとも使うことはできるわ」

「そう思うか」

礼次郎の顔を見た平四郎は相手の膝の上の棒を指差した。

「元の太いほうを片手に持って振り回してみろ」

「こうか」

礼次郎は言われたとおりにしようとするが、およそ六尺の長い棒、それも生木の樫を雑に削っただけの棒は重い。かろうじて一回振り回すのがやっとだった。

「今度は細い先のほうを同じように持って振り回してみよ」

「こうだな」

摑むだけは摑んだものの、手元が細く先が重く太い棒を持ち上げるにはかなりの膂力が要る。

「くそっ」

顔を赤くして力むが、わずか持ち上がっただけだった。

「貸してみろ。たかが棒だが、これでは役に立たぬ。使いものになるようにしてやるゆえ、よく見ておけ」

平四郎は受け取った樫の木を、自分の道中差しで手際よく削り始めた。刀のせいか腕のせいか、若者たちには理解できなかったが、ともかく平四郎はまるで大根か人参でも削ぐみたいに樫を削り、ごくわずかな時間で木刀の柄ほどの均一の太さの棍棒を造りあげた。

「おぬしの身丈と腕の力では長さもこれでは無理だろうな」

こう言った平四郎は一方の先端を切り落とし、五尺ほどの長さに縮めた。

「さ、振り回してみよ」

手渡された棒を摑んだ礼次郎は言われたとおりにした。

「ふん」

鼻を鳴らしただけで何も言わなかったが、顔は手応えの違いに驚いている。

「握る箇所を変え、先のほうを摑んで回してみろ」

「こうか」

振り回された棒は同じような鈍い風音をたてた。

「何をせねばならぬかは、これで判ったな。さ、おぬしたちのその棒を削り直してみよ」

残りの四人に声を掛けた平四郎は陣内と七兵衛を促して隣の部屋へ向かう。途中で振り返って言った。

「明朝は早いゆえ、使いものになる棒ができたら寝てもよいぞ」

「……」

返事はなかったものの、顔を見合わせた若者たちは、億劫そうに樫の木を削り始めた。


棒を手にして境内の一角に並んだ若者たちはどれも背を丸め、眠そうな顔をしている。

周囲の木々の枝には様々な小鳥が集まっている。ヤマガラ、エナガ、コゲラ……。まだ薄暗いというに本堂前には竹箒《たけぼうき》で落ち葉を掃いている寺男の姿があった。

「おぬしら、こんなふうに朝早くに叩き起こされて武術の稽古をするのは初めてではあるまい」

若者たちと向かい合って立つ平四郎が口を開いた。彼もまた眠そうな顔をしている。

「武家の子に生まれた以上、小さな頃から厭でもやらされてきたはずだ。そのとき、何と言われた。侍の心得として剣を学ぶのだ、槍を学ぶのだと教えられたに違いない」

「……」

反応はないが、いちおう聞いているようだ。

「そのとき、おぬしらはこう思ったはずだ。剣や槍の心得なぞなくとも侍は務まる、と。そして今もそう思っておるはずだ」

「……」

慎三郎が手のひらで口元を押さえ、あくびを噛みこらようとしている。

「その考えは間違ってはおらぬ。剣や槍なぞ知らずとも、この泰平の世では立派に侍が務まる。おれはそうした武士を沢山知っておる。だから、武術のできぬ侍を蔑《さげす》み、おのれの剣の腕を自慢する輩がいたら、愚かな奴よと嗤い飛ばしてやってもいい」

若者たちが一斉におやっという顔をした。

「されば、おぬしらが胸の中で、武術なぞ糞喰らえ、棒術なぞ知ったことかと思ったとしても一向にかまわぬ」

「そう申すなら、役にも立たぬ棒振りの真似をなにゆえさせるのだ」

慎三郎が唇を尖らせた。

「一つはこのおれに殴られぬようにするためさ。もう一つは……そうさな、男として生きてゆけるだけの心と躰をつくるためというところかな」

「何の心と躰をつくるためだと？」

聞き直したのは礼次郎である。

「己の口と、いずれ持つことになる妻子の口を養うてゆけるだけの躰をつくるということだ。おぬしらは情け無いことに追い剝ぎ稼業ですら務まらなんだではないか。これからどうやって生きてゆくつもりだ。割りのいい養子縁組が舞い込むのをじっと待つつもりか、それとも一生肩身の狭い部屋住み暮らしを続ける覚悟を決めているのか。それでは男として生まれてきた甲斐があるまい。まだ若いのだから己の力で生きてゆけるだけの心と躰をつくるのだ」

「寝言をほざくな。棒振りの真似をして、その力がつくというのか」

慎三郎が嚙みついてきた。

「棒振りだけでは無理だろうさ」

「その口ぶりは、ほかにも何かやらせる魂胆だな」

「考えておらぬでもない」

「何をやらせるつもりだ」

「慌てずとも追々判らせてやる」

「どうせ座禅でもやらせるつもりだろう」

「あのような退屈なものをやりたいのか」

「誰がやりたいと言った」

「そうだろうな。坊主は心を無にせよと言うが、釣り竿を垂れても無心になれるし、道場で剣の稽古をしたり、紙を前にして筆を握っても無心になれる。人は何かに打ち込めば無心になれるものだ。座禅に悟りを求めるのも同じことよ。半眼で心を無にして座っておれば忽然《こつぜん》と境地が開けるなどと言うのは眉唾《まゆつば》ものさ。夢中になって書を読んでいるとき、汗だくになって木刀を振っているときにふと思い到るのが本物の悟りさ。しかもそれで終わりではない。人は常に迷い悩むものゆえ、また何かに汗を流して次の悟りを得ねばならぬ」

「ふん、座禅でないとすると、写経か」

「若いおぬしたちに意味もわからぬ文言を書かせてみても、紙や墨が無駄になるだけだろうよ」

「となると、朱子学か。新井白石の『采覧異言《さいらんいげん》』や室鳩巣の『五倫名義《ごりんめいぎ》』などを読ませようというのだろう」

「居眠りをさせるつもりはないゆえ、そのようなものは読ませぬ」

「ならば、和尚の説教を聞かせるつもりだな。釈迦《しゃか》の弟子舎利弗《しゃりほつ》や大迦葉《だいかしょう》がどう言ったの、目連《もくれん》が何をしたの、仏典にこう書いてあるのといった、死ぬほど退屈な話を聞かせる気だろう」

「寺に来たから抹香臭いことをさせるとは限らぬぞ。罰当たりの余計な詮索は後回しにして、まずはその棒の扱い方を覚えるのだ。ただ覚えよと言っても、おぬしたちのことだ。聞く耳を持たぬであろうから、励みになるような良いことを教えてやる」

「目録でもくれるというのなら、せっかくだが要らぬぞ。棒振りの目録なぞ三文の値打ちもないからな」

「まあ聞け。おぬしたちの誰かが、おれに一撃でも喰らわすことができたら、即刻、全員この寺から去ることを許してやる、というのどうだ」

「腕の違いがあるのに勝てるはずはない。そんなもの励みでも何でもないわ」

「五人一緒にかかってきてもかまわぬのだぞ」

「一対一でなくともよいのか」

「ああ、のみならず、こうした棒の稽古以外の時でもかまわぬ。ただし、眠っている時は別だ。おれも生き物ゆえ四六時起きているわけにはいかぬからな」

「飯を食っておるときでもよいのか」

「かまわぬ」

「風呂に入っているときでもか」

「湯くらいゆっくり浸かりたいし、飯も落ち着いて食べたいが、ま、許すことにしよう」

「大した自信だな。今すぐでもかまわぬのか」

「むろん、かまわぬ。しかし、言うておくが、おれも黙っておらぬゆえ、棒の使い方を覚えずにかかってくると痛い目に遭うぞ」

「……」

慎三郎は隣の礼次郎と顔を見合わせた。

今から襲うことにするかどうか目と目で相談している。鳥居峠で千村平四郎の尋常ではない腕は存分に見せつけられていた。

礼次郎が首を横に振ったところで結論は出たようだ。

「なるほど、ここはおとなしくすることにしたか。おぬしたちも満更馬鹿ではなさそうだな。そうと決まったら稽古を始めるぞ。今からおれが手本を見せてやるゆえ、真似をしてみろ」

半身を開いた平四郎は手にした棍棒を胸の前に構えると、ゆっくり前方へ繰り出した。

草鞋《わらじ》づくり

「草鞋？　われらに草鞋を作らせるつもりか」

慎三郎の大声に、ほかの若者たちが続いた。

「馬鹿な……」

「愚弄《ぐろう》するな」

「侍が草鞋なぞ編めるか」

口々にわめく若者たちを黙って眺めていた七兵衛が床を叩いて怒鳴った。

「やかましいわ。文句があるなら平四郎に言え。われら三人のうち草鞋の作り方を知っておるのはわししかおらぬゆえ教えることにしたのだ。それも、わしが厭だというに平四郎の奴が無理に押しつけてきおったのよ」

「草鞋作りは水呑みの老爺老婆など足腰がきかぬようになった卑しい者どものやることではないか。なにゆえわれらに作らせる。棒振りは我慢してやってやるが、人の足に付けられ泥まみれになるようなものは断じて作らぬぞ」

顔色を変えた慎三郎は心底腹を立てているようだ。

若者たちは棒術の稽古のあと、飯炊きをさせられた。前日の夕飯とは違い、二度目の今日はどうにか喉に通る飯が炊けたので、若者たちはひとまず腹を満たしてはいたものの、茶碗や釜洗いの後始末をさせられ、機嫌を損ねていた。

朝から動きどおしだったその彼らは、雲水部屋でようやく一息ついていたところなのである。何かやれと言われたら、草鞋作りでなくとも怒らずにはいられなかったことだろう。

七兵衛は、草鞋を作らせると言い出した平四郎の意図を訊いていない。寺男の老爺にでも教えてもらって若者たちに学ばせると言うから、草鞋作りならおれが知らぬでもないぞと呟くと、おぬしが教えてくれるなら願ってもないことだと押しつけられたにすぎない。

「飯を炊かせたうえ、今度は草鞋を作れだと、ふざけるな、わしは国家老薄田外記の子だぞ。千村平四郎、ここへ来て、われらに草鞋をつくらせる魂胆を申してみよ」

慎三郎が隣の部屋に向かって怒鳴ると、襖が開いて呼ばれた当人が入ってきた。

「騒々しい奴だな。力まずとも教えてやる。おぬしたちが先ほど棒術の稽古をやる際に履いた草鞋は飯炊き爺さんの作ったものだが、稽古に精を出したせいで、もうぼろぼろになっているはずだ。となると、明日の朝また新しい草鞋を爺さんから貰わねばならぬが、何かと忙しい爺さんはおぬしたち五人の草鞋ばかり作っているわけにいかぬ。となると、どこぞへ草鞋を買いに行かねばならぬが、この寺の回りに人家はないゆえ、遠くまで足を伸ばさねばならぬ。そんな面倒なことはしたくないから己の履く草鞋は己で作ることにしたのよ」

「いや、違うな。おまえの魂胆はこうだ。父上が教えてくれたが、駕籠に乗る人、担ぐ人、そのまた草鞋を作る人——という言葉があるそうだ。われらは生まれながらにして駕籠に乗る身分で草鞋を作る者たちの苦労を知らぬ。さればと、おまえはわれらに草鞋を作らせて下賤《げせん》な者たちの苦労を判らせようとしているのであろう」

一気にまくし立てた慎三郎は得意げな顔になっている。

「ほう、なかなか頭が回るな。見当違いだとは言わぬが、肝心なのは今申したように、当面草鞋が必要であるゆえ手当をするのだ。それと、もう一つは生きる力を付けるためよ」

「生きる力？　それはどういうことだ」

「教えてやろう」

七兵衛が声をあげた。

「わしがなぜ草鞋の編み方を知っていると思う。わしの家は焼物づくりを代々の職芸(内職)としておるが、親父の代ではさほど銭にならなんだので、母者がこっそり草鞋づくりをしておった。小さかったわしも編み方を教えてもらって手伝ったものさ。編んだ草鞋は一足十文で仕入れ元に買ってもらえる。仕入れ元はそれを十三文で小売りに卸《おろ》し、小売りは十六文で売るわけだ。されば、おぬしたちも編み方を覚えれば銭を稼げる。すなわち、生きる力を付けることになるということさ。のう平四郎、おぬしはこれが言いたかったのであろう」

「ああ、その通りだ」

七兵衛の言葉に平四郎は頷いた。

「われらに銭の稼ぎ方を教えようというのか。それも草鞋作りで……」

失笑する慎三郎に他の若者たちは追随して嗤い声をあげた。

「それはありがたいことだが、一日に何足編むことができる。十足か、二十足か」

慎三郎は手を広げ、指を折る真似をした。

「草鞋を作るにはまず木槌で濡らした藁《わら》を丹念に叩いて柔らかくする手間も要る。慣れた者はもっと沢山作るに違いないが、わしの母者は一日五足が精一杯だったな」

「ということは……たった五十文か、ははは……五十文か」

慎三郎は五十文を繰り返しながら声をあげて嗤った。

「何がおかしい。五十文あれば酒が少なくとも二合呑めるし、あと十文かそこら足せば米も一升買えるのだぞ」

「何が買えたとしても五十文が端金《はしたがね》であることに変わりはないわ」

また嗤った。

「慎三郎」

七兵衛と若者たちのやりとりを黙って眺めていた平四郎が口を開いた。

「おぬしは日に幾ら稼げる」

「なにっ」

「むろん、山賊のような非道な稼業ではなくてだぞ」

「わしは薄田外記の倅だ。銭を稼ぐ必要なぞないわ」

「誰の倅であろうと、おぬしたちのような二男三男に分家は容易に許されぬ世だ。養子口も少ない。周りの顔色を窺いながら一生部屋住み暮らしをするつもりなら銭を稼がずともよかろうが、それでは生まれてきた甲斐があるまい。誰にも遠慮するところなく生きようと思ったら、己の腕で稼がねばならぬのではないかな」

「おまえらに生き方の心配をしてもらわずともよいわ」

「ま、聞け。現におぬしたちは気ままにつかえる小遣い銭を稼ごうとした。しかし、稼ぎ方を知らなんだがゆえに追い剝ぎに走ったわけだ。銭の稼ぎ方を覚えることは決して無駄ではないぞ」

「日にたった五十文にしかならぬ稼ぎ方を覚えて何になる」

「四百文、五百文と稼ぐ一人前の職人なら五十文しか稼げぬ草鞋作りを嗤ってもいいだろう。しかし、一文も稼げぬおぬしたちに嗤う資格はないと思わぬか」

「けっ」

慎三郎は鼻先で嗤ったものの返す言葉に詰まってしまった。

「誤解があるといけないので言うておくがな、上士の家に生まれ、それなりの学問、武術を修めたおぬしたちが草鞋作り程度の能しかないなどとは毛頭思っておらぬ。おそらく五十文の百倍、千倍を稼ぐ知恵の持ち主ばかりに違いない」

「……」

「しかし、それでもなお、一足十文の草鞋作りを覚えることは無駄にならぬ。馬鹿にしたり腹を立てたりせずにまずはやってみろ。この際、おれも七兵衛に教えを乞うて草鞋作りを覚えるつもりゆえ一緒にやろうではないか」

「……」

横を向いてしまった慎三郎は返事をしないが、首を横に振る様子もない。渋々ながらやる気になったのかもしれぬ。


小者の仁蔵を伴って弥藤が寺に姿を見せたのはその日の昼過ぎだった。

本堂前の地面に敷いた筵《むしろ》の上に並んで座り草鞋を編む男たちを見た彼女は、目を丸くして驚きの声をあげた。

「それ草鞋ですね。あなたたちは草鞋を作っているんですね」

当たり前過ぎることとしか言えぬほど、弥藤は驚いたようだ。

無理もなかった。三人のもぐら同心も加えた八人の男が筵の上で両足の親指に藁縄を引っ掛けて黙々と草鞋を編む姿は、どう見ても異様であった。

しかし、弟たちが草鞋作りに取り組むことになった理由を聞かされると、彼女は笑顔になって幾度も頷き、

「本気になって覚えなされ」

と若者たちを励ました。

目立つ存在になったのは弥藤の供をしてきた仁蔵である。

童の頃から草鞋作りを覚え、今も薄田の家で手の空いているときは編んでいるという彼は、おぼつかない若者たちの手付きを見て黙っておれなくなったのだろう。ああだこうだと教え始めたばかりでなく、自ら筵に腰を据えて、鮮やかな手さばきで草鞋を作り始めた。

やってみると案外おもしろくなったのだろう。若者たちは時々仁蔵や七兵衛の手元に目をやりながら予想以上に生真面目な顔で草鞋作りに打ち込んでいる。

そうした姿を嬉しそうに眺めていた弥藤はやがて庫裏から湯を借りてきて茶を入れ、手土産として持ってきた重箱の萩餅《はぎもち》を取り出して男たちに勧めた。

小腹を空かせていた若者たちは歓声をあげて、餡《あん》にくるまれたうまそうな餅に手を伸ばす。

むろん、もぐら同心三人も勧められるままに喜んで付き合った。

和やかな休息の場で、予想外の行動に出たのは顎傷の隈部礼次郎だった。

萩餅を頬張りながら湯呑みを口元へ運ぶ平四郎に向かって不意に殴りかかったのである。それも平四郎の背後から、藁叩き用の木槌を手にして。

たまたま二間ほど離れた場所から、うまそうに餅を食べる平四郎を笑みを浮かべて眺めていた弥藤は、もぐら同心の背後で木槌を振り上げる礼次郎を目にしたとき、なぜ彼がそうしているのか訝しんだものの、まさか殴りかかるとは思わなかった。

本来の藁叩き用の木槌は茶筒くらいの太さの叩く部分と細く削った握り手で作られているが、草鞋を編む頭数が多すぎたため、礼次郎が振り上げたそれは成人男子の二の腕ほどの太さのただの丸太だった。

とは言っても、まともに頭にでも喰らったら当然、ただでは済まない。

礼次郎が木槌を振り下ろすのを見て、弥藤は小さな叫び声をあげた。いや、あげたつもりだったが、驚きのあまり目を大きく見開き、喉の奥をわずかに鳴らしただけだった。

「わっ」

悲鳴があがった。

声を発したのは平四郎ではない。

丸太を打ち下ろした瞬間、熱い湯茶を顔面に浴びせられた礼次郎のほうだった。

平四郎は左手で頭上の丸太を受け止め、右手に持っていた湯呑みを振り向くことなく襲ってきた相手に浴びせたのである。

「なぜ、そのようなことをするのです」

弥藤は濡れた顔を袖で拭う礼次郎を睨んで声を荒げた。

「叱るには及びませぬぞ。わしが勧めたので礼次郎は襲うてきたのです」

平四郎は苦笑を浮かべていた。

「襲うのを勧めたと申されるのですか」

「さよう、実は……」

就寝時以外は時、場所を選ばず、しかも幾人束になろうとかまわぬゆえ自分に一撃を加えてみよ、成功したら即刻全員この寺から出してやると約束したのだ——と説明した。

「それはまあ、大変なお約束をなされたものですね」

娘はあきれ顔になった。

「確かに楽ではない約束を交わしたものだといささか後悔しております。朝食のときと境内を歩いているときと、今日はこれで三度目、忙しゅうてかないませぬ」

頭を掻く平四郎の視線が、妙に固い表情になっている河野主水を捉えた。

「おい、主水、おぬしは後にしてくれ。騒々しいゆえ弥藤殿のいる間は遠慮するんだ」

襲おうとするのを見破られて首をすくめる若者の表情がおもしろかったのだろう。弥藤は声をあげて笑い出した。

「甘すぎるな」

不意に陣内が口を開いた。

「おぬしたちのことだ」

若者の一人ひとりを指差して続けた。

「懲りずに何度でも襲えば、そのうちに一撃くらいは見舞えるだろうと思うておるようだが、平四郎の腕はおぬしたちが考えておるほど柔《やわ》ではないぞ。奴は約束したのを後悔しておると申したが、あれは嘘だ。奴からすれば今のままのおぬしたちなら、幾度襲われてもかわす自信があるだろうよ」

「だからどうだと言うのだ」

礼次郎が尖った声を出した。

「本気で平四郎に一撃喰らわしたいのなら、もう少し腕を磨いてからにしろ。それまでは騒々しいだけであるゆえ、おとなしくしていることだ」

「陣内の申すとおりよ。里童が棒切れを手にじゃれるような真似はしばらくやめて、性根を据えて棒術の稽古に打ち込むんだ」

陣内に調子を合わせた七兵衛は珍しく厳しい表情になっていた。

むっとした顔にはなっているものの、若者たちは反論しようとしない。いや、切り返す言葉がないのだろう。

彼らの様子を眺める弥藤が何か独り呟き、小首を微かに揺らせて頷くような仕種をみせた。おそらく何か感じるところがあったのだろう。

自然薯《じねんじょ》掘り

もぐら同心と御嶽党の若者たちが玄明寺で寝起きするようになって四日目の正午近くに宗春と小笹が耳売り弥平次と共に寺へやってきた。

弥平次が笑いを嚙みこらえて平四郎たちに耳打ちしたところによると、彼が適当に見繕って決めた三菜の菩提寺へ案内すると、宗春は墓の前で手を合わせて涙を流したらしい。のみならず、宗春から三菜の話を聞かされた小笹までが泣きながら一緒に念仏を唱えたとか。

「三菜という女がまだ生きていること、手を合わせたのがどこの馬の骨ともわからぬ者の墓だということが宗春様に知れたら、われらは手打ちにされるぞ」

と陣内が首をすくめたが、確かに騙されたことを知ったら宗春は激怒するに違いない。

「今夕は宗春様をお迎えしての祝宴といくか」

と、平四郎が言い出したのも、騙した主人への罪滅ぼしを考えたからだった。

「それはよき思案なれど、ここは寺ゆえ、ろくな食い物は無いぞ」

宗春たちが姿を見せたとき、もぐら同心は若者たちと共にこの日も本堂前の地面に筵を敷き、草鞋を編んでいた。

したがって、平四郎たちは筵の上で草鞋を作りながら声をひそめ言葉を交わしている。

一方、話の俎上《そじょう》に載せられた宗春は挨拶に出てきた住持と本堂の中で談笑していたし、小笹はもぐら同心同様に草鞋作りをする若者たちとすぐにうち解けて他愛もないおしゃべりをしていた。

おもしろいのは若者たちの表情である。若くて美しい娘を前にすると、こうも変わるものかと目を疑いたくなるほど活きいきしている。

「ああ、この寺にはろくな食い物はあるまい。だから旨い物を仕入れに行くのさ」

平四郎は山が広がる寺の裏手を指差した。

「なるほど、わしは吹き矢で山鳥か雉でも獲ることにするか。七兵衛は酒だな。銭はたっぷり出してやるゆえ、どこぞで旨い濁り酒をしこたま仕入れてこい」

「おうさ、まかせておけ」

陣内の言葉に弾んだ声で応じた七兵衛は早くも腰を浮かせた。

「おれは自然薯掘りと茸《きのこ》採りだ。あやつらも連れてな」

平四郎は小笹と緩んだ顔で言葉を交わす慎三郎たちのほうに顎をしゃくった。

「草鞋作りの次は自然薯掘りをさせようと言うのか。どこまでわれらを愚弄するつもりだ」

本堂での昼食を終えたところで切り出した平四郎の言葉に、予想どおり慎三郎が嚙みついてきた。

陣内はすでに吹き矢を携えて鳥を獲りに出掛けていたし、七兵衛も今しがた酒探しに飛び出して行った。宗春と小笹はこちらの食事ではなく、住持が用意した昼食を庫裏で食べている。この場にいるのは平四郎と若者たちだけである。

「ま、そういきり立つな。おぬし、自然薯を食べたことはあるだろうな」

平四郎は普段と変わらぬ調子である。

「食べておるに決まっておろうが」

「そうだろうな。あれは二、三月頃採ったものが一番うまい。今採れるものは少し青臭いからな。とは言っても、炊きたての熱い飯にとろろ汁をかけて食べてみろ。底なしに食べられるぞ」

「ふん、知ったことか」

「食べる楽しみだけではなく、採る楽しみもあるぞ。おれは渓流釣りの仲間と幾度も自然薯掘りをやったことがあるが、まず、立木に巻き付いたあの蔓《つる》を捜さねばならぬ。左右同じ形の葉とムカゴと呼ばれる小さな実の付いた蔓をな。蔓を見付けたときは胸が躍るものだが、細い蔓やムカゴが少ししか付いていないのはろくな芋ではないゆえ、手をつけぬほうがいい」

「そのような埒《らち》もない話を聞かせても、われらは行かぬぞ」

「おぬしたち、自然薯掘りをしたことはあるまい」

「武士たるものがそのような卑しい真似をするか。自然薯掘りなぞやったら世間の物笑いになるわ」

「武士たるものか……。感心できぬ言葉だが、まあよかろう。話を続けると、ムカゴの沢山付いている太い蔓を見付けたら蔓をたどって地中の芋の在処を確かめるわけだが、気を付けねばならぬのは蔓が千切れやすくなっていることだ。とりわけ二、三月頃の蔓は枯れきっておるゆえ千切れやすい。うっかり千切ってしまうと、地中にもぐっておる芋を捜すのにひどく苦労することになるからな」

「いつまで続けるつもりか知らぬが、勝手にしゃべるがいい」

慎三郎が耳を塞ぐ真似をすると、ほかの若者たちも同じ真似をした。

「ところで、なにゆえ自然薯掘りをするかをまだ教えておらなんだはずだな」

「……」

聞いておらぬふりの慎三郎たちは黙っている。

「実はな、今夕、われらの主人万五郎様と小笹の歓迎の宴を開くことにしたのさ。自然薯掘りはそのためのものよ」

「小笹……、とはあの娘の名か」

耳が無かったはずの慎三郎が声をあげ、他の若者たちも一斉に平四郎のほうに顔を向けた。

「いかにも先刻やってきた娘の名だ」

「今夕、あの娘の歓迎の宴を、この寺で開くのか」

慎三郎だけでなく若者たち全員が身を乗り出している。

「ああ開く。ただし、小笹は付け足しで、万五郎様のための宴だ」

「付け足しでも何でもかまわぬ。ともかくあの娘のために歓迎の宴を開くのだな」

「ま、そういう言い方もできぬではないだろうよ」

「われらも席を同じうしてもよいのか」

「むろん、一緒だ」

「あの娘は自然薯を食べるのか」

「何でもよく食べる娘ゆえ、おそらく喜んで食べるだろうよ」

「あの娘、つまり小笹殿はよく食べるのか」

「やたらに訊きたがる奴だな。ああ、呆れるほどよく食べる。とろろ飯を食わせたら少なくとも茶碗四、五杯は平らげるだろうよ」

「あのように美しい娘がそれほど食べるはずはない」

抗議するように大声をあげた慎三郎に他の若者たちが同感だと言わんばかりに大きく頷いてみせた。

「おぬしは、美しい娘はみな、ものを沢山食べぬと思うておるのか」

からかう口調になった。

「そうは思わぬけれど、小笹殿はきっとそのような食べ方はせぬ」

こちらは真顔である。

「なぜ小笹に限ってそう思うのだ」

「知らぬ。ともかくあの娘がわが屋敷の土臭い女中どものように大食いをするはずはない。なあ、おぬしたちもそう思うだろう」

慎三郎に同意を求められた若者たちは即座に大きく頷いた。

「ま、よかろう。今夕になればわかることだ。料理は自然薯のとろろ飯だけではなく、山鳥か雉の肉料理や茸汁も考えておるゆえ、あの娘の食べっぷりをその目でとくと確かめることだな」

「肉料理と茸汁もあるのか」

五人の若者の中ではひときわ食い意地の張っている高坂喜代太郎が甲高い叫びをあげた。

「鳥のほうは陣内が仕留めてくることになっておるし、茸はわれらが自然薯掘りのついでに採る。酒を持ってくるのは七兵衛の役目だ」

「酒？　酒も用意するのだな。わしらも呑んでもかまわぬのか」

目の色を変えたのは隈部礼次郎だ。

「むろん、呑みたいだけ呑ませてやる。ただし、自然薯掘りと茸採りをちゃんとやればの話だ」

若者たちは互いに顔を見合わせた。

「言うておくが、自然薯も茸もおぬしたちの手を煩《わずら》わさずともおれ独りでも採れる。

しかし、自ら汗をかいて採ってきたものは格別旨い。それに今申したように採る楽しみもある。さ、どうする。行くのか行かぬのか、早く答えを出せ」

「……」

慎三郎たちは腰を上げようとしない。やはり、武士たるものが……という考えを捨てきれないのだろう。

「よかろう。行きたくない者を無理に連れて行く気はない。おれ独りで楽しんでくることにしよう」

平四郎が立ち上がって本堂を出ようとしたとき、小笹が入ってきた。だらしない姿勢であぐらをかいていた若者たちがなぜか一斉に座り直した。

「どこぞへお出掛けですか」

平四郎の顔を見た。

「ああ、山へ自然薯掘りに行くところだ」

「まあ、おもしろそう……。わたしも連れて行ってくださいまし」

目を輝かせた娘は本気で言っているらしい。

「葎《むぐら》の生い茂る足場の悪い山の中を歩かねばならぬのだ。そなたには無理だろうよ」

素っ気ない返事をして出て行こうとする。

「駄目だと申されても私は付いて行きます」

小走りで小笹は平四郎の傍へ駆け寄った。

「うちの店の奉公人たちが、自然薯掘りほどおもしろいものはないと話しているのを聞いたことがあります。後生ですから連れて行ってくださいまし」

「無理だと申しておるだろうが。手足はむろん顔や首も傷だらけになるから止めておけ」

「手足に擦り傷ができることなぞいっこうにかまいせん。連れて行ってください」

小笹は両手を合わせて拝む真似をした。

「それほどお望みならば、わしが……この薄田慎三郎が連れて行って差し上げましょうぞ」

突然声をあげた弥藤の弟は立ち上がって仲間たちを促した。

「おい、自然薯掘りに出掛けるぞ」

一瞬あっけにとられたものの異存はなかったのだろう。若者たちは勢いよく立ち上がり、平四郎より先に本堂を飛び出した。

三箇所目の自然薯はムカゴの付きようと蔓の太さからみて、かなり大物と考えて間違いなさそうだが、地中の芋は熊笹の根と山ツツジの根が絡み合った石混じりの固い場所に深く潜り込んでいたため、掘るのに苦労した。

「穴をもっと横へ広げて掘らぬと、芋を折ってしまうことになるぞ」

「駄目だ、石が邪魔しておるゆえ、これ以上は無理だ」

「その石を掘り出すのが先じゃ」

若者たちの自然薯掘りはにぎやかである。

二箇所目までは平四郎が主に掘ったが、この三箇所目では要領を覚えた若者たちが進んで掘っている。

彼らが使っている道具は五尺ほどの長さの細い鉄棒と先端の欠けた槍の穂先、それに鉈と草刈り鎌である。いずれも寺の物置から拝借してきたものだ。

ムカゴの付いた茎をたどって地中の芋を見付けると、落ち葉を取り除き、鉄棒と槍で土を掘り起こす。土の柔らかな場所なら大人の胴回りほどの穴を垂直に掘り進めて、野鼠か何かを呑み込んだばかりの青大将のように長く伸びた芋を引き抜くだけで済むが、そんな楽な場所に潜っている芋は希である。

たいていは今、若者たちが苦労しているような草木の根と大石小石が邪魔をする面倒な場所を掘り起こさねばならぬ。

しかし、若者たちは楽しそうだ。

彼らの仕事ぶりを、絶えず何かしゃべりかけながら眺める小笹がいるせいであることは明らかだった。

若者たちは競い合って小笹の先を歩き、前方を塞ぐ木の枝があれば切り払い、足元を危うくする灌木や茨を見付ければ草刈り鎌で刈り取って彼女のために道を作った。

自然薯掘りを始めた平四郎の手際のよさを小笹が褒めると、若者たちはこれまた競い合って手伝おうとした。

「掘るのはこれくらいにして引き抜くことにするか」

掘っていた慎三郎が腰を伸ばし、額の汗を手の甲で拭いながら言うと、すかさず小笹の声が飛んだ。

「駄目です。そこで無理して引き抜こうとすると、せっかくの芋が折れてしまいますよ」

娘は少し前に平四郎が言った言葉を口にする。まるで自然薯掘りを熟知しているかのような自信に満ちた態度だ。

「そうだな、もう少し掘ってからにするか」

平四郎に注意されたときは返事もしなかったのに、実に素直なものである。

「手前の松の根が邪魔でしょうから切り取ったら如何です。掘りやすくなりますよ」

これも先刻、平四郎が助言した言葉そのままだが、どうみても小笹は自分の言葉のつもりで口にしているようだ。

「ああ、そうしよう。確かにこの根っこを切れば仕事が楽になる」

頷く無抵抗の若者を眺める平四郎は笑いを噛みこらえるのに苦労しなければならなかった。

ほどなく太さ、長さ、形のいずれも申し分のない見事に育った自然薯が若者たちの手によって掘り出された。

よほど嬉しかったとみえて、慎三郎が意味不明の叫び声をあげ、掘り出した芋を掲げて踊り出した。

これを見た小笹が腹を押さえて笑いころげると、若者たち全員が慎三郎を真似て踊り出した。

平四郎も笑った。

小笹は苦しいからもうやめて下さいと言いながら、いっそう笑いころげた。

大小合わせて三本の自然薯を手に入れた一行が次いで取り組んだのは茸採りだった。

全員が初めて入った山で茸を採ろうというのだから生えている場所は分からない。せいぜい舞茸はミズナラの古木の根元、松茸は赤松の周囲で探すということくらいの知恵しかない。したがって、茸を見付けるか見付けないかは運に左右されるところが大きかった。イグチのような雑茸は別として、最初に大物を採ったのは小笹だった。

「平四郎様、平四郎様」

三、四間離れた横手で首を伸ばし地面を睨んでいた娘が突如大声をあげ手招きをした。

歩み寄ると、樹齢百年は間違いなく超えると思われるミズナラの根元を指差して、

「これ、これ、これを見てください」

と息を弾ませて叫ぶ。

白いへら状の小さな傘が群生した塊が苔を付けたミズナラの大木の根元一面を被っている。目を疑いたくなるような途方もない大きさの舞茸である。

「お手柄だな」

平四郎に褒められた娘は両手で筒を作り、散らばって茸を探している若者たちに呼び掛けた。

「山賊のお侍様、こんなの見たことがないでしょう。雄牛の頭ほどの舞茸ですから早

くおいでなさいまし」

「小笹、その山賊の……というのはやめよ」

平四郎は慌てて制した。

この山の中にいるのは彼ら二人と若者たちだけとは限らない。

「だって、あの方たちのお名前をまだ覚えてないのですもの」

「ならば早く覚えよ」

平四郎が叱っていると、若者たちが集まってきた。

最初にやってきた慎三郎がやはり抗議の声をあげた。

「小笹殿、われらはもはや山賊はやめたゆえ、ちゃんと名を呼んでくれぬと困る。わしの名は薄田慎三郎、国家老薄田外記の倅だ」

「承知しました。これからはちゃんとお名前を呼ばせていただきます。薄田様というとあれですね。山賊さんのお頭だったお方ですね」

「まあ、そうだ」

いま抗議したばかりの山賊という言葉を使われて眉をしかめたが、自分を見つめる娘の澄んだ瞳に気圧され、曖昧に頷くしかないようだ。

「山賊さんはみな顔に刀傷のある怖い顔をした大男ばかりだと思っていましたのに違

っていました。とりわけ薄田様は優しいお顔をしていらっしゃると思います」

「そ、それがそなたの見付けた舞茸か。なるほど雄牛の頭ほどあるな。見事なものじゃ」

褒められた慎三郎は自ずと緩む顔を気づかれまいとして、大仰に驚いてみせた。口々に褒める若者たちを前にして、小笹は採った舞茸を抱えようとするが、両腕を広げても抱えきれないくらいの大物は、彼女が顔を赤く染めて力まねばならぬほど重かった。小笹の舞茸を見て若者たち全員がその気になったせいだろう。舞茸以外にも松茸やシメジも採れた。

自然薯掘り同様、やってみると楽しいのだろう。山から下りる際の彼らは互いの獲物を自慢し合ったばかりでなく、日を改めてまた採りにこようという意味の言葉さえ口にした。

誰もが例外なく何かに取り組んでいた。

薄田慎三郎は竈の火に長い自然薯をかざし、芋の表面に生えている毛根を焼いていた。

隈部礼次郎と高坂喜代太郎は井戸端でタワシを手に芋の泥を洗い流していた。木村繁四郎は薪割りをしていたし、河野主水は耳売り弥平次と共に陣内が獲ってきた雉の羽根毟《むし》りをさせられていた。

小笹は竹籠いっぱい採ってきた茸を礼次郎と喜代太郎の横で洗っている。平四郎は擂《す》り鉢を抱え、手が痒《かゆ》くなるのでみなが嫌がる自然薯の摺りおろしを始めていたし、陣内はすでに羽根を毟り終えたもう一羽の雉をまな板に乗せ、器用な手付きで包丁を使っていた。姿の見えない七兵衛は住持と共に寺の畑へ大根や葱《ねぎ》を採りに行っている。

ついさっきまで一人だけ何もせずに庫裏の台所周辺をうろついていた宗春までもが、飯炊き釜の載った竈の前にしゃがみ、髪と顔を灰だらけにして火吹き竹を吹いている。

それぞれの者に的確な指示を出しているのは寺男の飯炊き爺さんである。

ときどき鼻水をすすりあげながら、手を休めている者がいると容赦なく罵声を浴びせる。若者が口答えでもしようものなら、

「この台所の主はわしじゃ。言うことが聞けぬなら出て行ってくだされ」

と怒鳴る。

みな閉口ぎみの顔をするが、飯づくりに慣れている爺さんの指示は間違っていない

ので従うしかなかった。

平四郎が摺り下ろした自然薯相手に摺りこ木を使い始めたとき、この日は姿を見せぬのではないかと思っていた弥藤が供の者の仁蔵を従えてやってきた。

塩尻《しおじり》に嫁した従妹の初産見舞いに行ってきたせいで顔を出すのが遅くなったという彼女は、誰もが忙しそうに料理づくりに取り組んでいるのを見て目を見張った。とりわけ不服面もせず、あてがわれた仕事に精を出す若者たちには驚いたようだ。

「足元の明るいうちに折り返し帰るつもりで参りました」

と言った彼女だが、宗春までもが手伝っているのを見てはそうもいかなかったのだろう。袖をたくしあげ、たすきがけになり、飯炊き爺さんの指示に従い、芋汁のための出汁づくりに取り掛かった。

山門の葷酒《くんしゅ》

「この宴はわしと小笹のために用意されたとのことなので一言挨拶を述べることにしよう」

咳払いをした宗春は住持のほうを向いて言った。

「躰が干涸びてしまう精進料理しか食わせてもらえぬ寺で寝泊まりするのはかなわぬと思い、旅籠に泊まるつもりでおったが、ここに並んだ料理を見ると悪うないので、わしと小笹も暫く世話になろうと思うが、住持殿、よろしゅうござるかな」

「むろん、かまいませぬ。したが、このような罰当たりの膳は今宵かぎりと思うてくだされ」

老僧が指差した膳の上には練り味噌と柚皮の色が鮮やかなふろふき大根や豆腐と胡麻をあしらった里芋の白あえに加え、雉のささみの白焼きと練り味噌が載せられた腿肉、つくね鍋の汁椀、そして濁り酒の湯吞みがあった。

「そうでござりましょうとも。と申されても、住持殿は融通のきくお方とお見受けしそこの男どもがまた旨いものを獲ってくれば無駄にはなさらぬと思うが如何かな」

「いや、ここは寺ゆえ明日から断じて精進料理のみ食べていただきます、と申し上げたきところなれど、ひひひ……、融通無碍《むげ》の御仏のお許しを得て、ま、愚僧も野暮なことは申しませぬわい」

「悟りを開かれた高僧殿はさすがでござるな。まだ松茸、舞茸などの茸料理や自然薯のとろろ汁も出るとか。今宵は大いにやろうではござらぬか」

「ひひひ……、やりましょう、やりましょう。お互いに長生きができますな」

「万五郎様」

二人のやりとりを聞いていた小笹が声をあげた。

「一言挨拶をすると申されたのですから、いつまでも住持様としゃべってないで、早く挨拶をしてくださいまし」

料理を前にして待たされている娘は機嫌を悪くしているようだ。

「おお、そうじゃったのう。いかにもわしは挨拶をするぞ。うー、気の利いたことを言うつもりじゃったが、あーと、何であったかな」

「わたしに判るはずはありません」

小笹は邪険である。
「そうじゃ、思い出したぞ」
宗春は両手をぽんと叩いた。
「おぬしたち、唐の李太白《りたいはく》、すなわち李白の名は知っておろうな」
本堂に円くなって座った男女を見渡した。話が長くなるのを察知した小笹が厭な顔をしたが、宗春は気付こうとしない。
「かの李白の詩にこんなのがある。
今日《こんにち》　風日好《ふうじつよ》ろし
明　日《みょうにち》もおそらく如《し》かざらん
春風は人に笑いかけ
あなたは独り何を愁《うれ》いておるのかと
簫《しょう》を吹いて彩《あや》なる鳳《おおとり》を舞わしめ
醴《あまざけ》を酌みて神《たえ》なる魚を膾《なます》とせん
千金をもて一酔を買い
楽しみを得て余《あと》を求めず
もう少し続くが、聞きたいと思うか」

「思いませぬ。せっかくのご馳走が冷めてしまいますゆえ、早く切り上げてくださいまし」

弥藤や慎三郎ら若者たちを驚かせた言葉を発したのはもちろん小笹以外の者であるはずはなかった。

「ふーむ、そなたが聞きたくなくとも他の者はどうかな」

「万五郎様」

「わかった、わかった。李白は味わい深い詩を沢山作っておるゆえ、ほかにも聞かせたいものが二、三あるが、次の機会ということにするか」

「それがよろしゅうござります。お伺い致しますが、秋なのに、今の詩は春風がどうのという文言がござりました。なにゆえ春の詩を聞かせようとなされたのですか」

「酒を呑むとき、この詩を吟ずると、よい気持ちになるからじゃ。李白という男は大酒呑みで――三百六十日、日々酔うて泥の如し――などという詩も作っておる。つまり、われらが吟ずると酒の旨くなる詩を沢山作っておるわけじゃ。その気があるなら幾らでも聞かせてやるぞ」

「万五郎様」

「そう怖い顔で睨まずともよい。小笹が怒るゆえ、何をしゃべったかようわからぬが、わしの挨拶はこれくらいにしておく。酒も料理もたっぷり用意されておるようじゃから、存分に過ごしてくだされ」

「わしにも少ししゃべらせてくれぬかのう」

居並ぶ者たちがそれぞれに濁り酒の入った湯呑みに手を伸ばし、あるいは箸を持とうとしたとき、住持が声を発した。

小笹と慎三郎たち若者が露骨に厭な顔をしたが、老僧は勝手にしゃべり始めた。

「わしがこのような酒宴を許す理由《わけ》を話しておかねば気が済まぬので、暫時耳を貸してくだされ」

「和尚、長い話にはならぬであろうな」

すでに右手に箸、左手に酒の入った湯呑みを持った慎三郎が、あからさまな牽制の言葉を投げ掛けた。

「ああ、長くはならぬ。ほんのひと言ふた言をしゃべるだけじゃ。さて、そもそもお釈迦様が仏弟子に示された禁戒には重きものと軽きものがある」

「その話、以前に聞いたことがあるぞ。重きものには殺生をするな、盗むな、邪淫を犯すな、悪口を言うな……。この寺には小さな頃から来ておるが、今のような話、何度聞かされたことか。重き禁戒は確か十あったはずだ」

「慎三郎殿はよう覚えておいでじゃな」

話を横取りされた住持は当然苦い顔になっている。

「で、酒を呑んだり、肉を食べたりするのは軽き禁戒のほうで重禁戒ではないから許される、と話は続くのだろう。酒も肉も五辛と呼ばれているニンニク、ニラ、ネギ、ノビルなどの野菜も薬になるから、禁を犯しても罪は軽いのだと……、和尚、こう言いたいのではないのか」

「慎三郎、余計なことを言わず、黙ってお聞きなさい。住持様、弟の失礼をお許しくださいまし」

「その手をお上げなされ。謝ってもらうには及びませぬぞ」

畳に両手をついて弟の非礼を詫びる弥藤を制した老僧は苦笑しながら続けた。

「話そうと思ったことはお聞きのとおり、慎三郎殿が大方申されたが、ひと言だけ……いやよそう。……では、御仏に目を瞑《つむ》っていただき、ひひひ……、軽き禁戒を犯すことにいたしますかな」

住持は両手を合わせて合掌すると、湯呑みを摑み、喉をぐびりと鳴らして中身を流し込んだ。

焦らされていた若者たちが一斉に乱暴に呑み始めるのを見て、宗春が自分も湯呑みを口元へ運びながら声を掛けた。

「酒は好きか」

唐突に問われた若者たちは互いに顔を見合わせたあと頷いた。

「李白という男をどう見る」

「……」

さらに唐突な問いに戸惑って誰からも声が出ない。

「先刻、詩を吟じたあの李白という男のことだ。わしはな、李白の詩は好きじゃが、大した男ではなかったと思うておる」

「……」

宗春を見る顔はみなあっけに取られている。高名な唐の詩人を貶《おとし》める言葉を耳にするのは初めてだったからだ。

「なぜ、そう思うか判るかな」

「……」

若者たちはみな首を横に振った。

「理由を話す前に、おぬしらに一つ訊ねることにしよう。これまでに誰ぞから酒の呑み方を教えてもらったことはあるかな」

「ございます。父から煩《うるさ》く言われております」

　慎三郎が口を開いた。町人の身なりをしているものの、宗春が身分の高い武家であることを承知しているだけに、もぐら同心たちへの口のきき方とはまるで違っていた。

「ほう、何を教えられておるか聞かせてくれるか」

「呑んでも崩れてはならぬ、無闇にしゃべるな、笑うな、泣くな、吠えるな、終始行儀よく呑めと教えられております」

「なるほど、さすが家老のお子じゃな、よいことを教えられたのう」

　宗春は若者たちの名と素性を一通り覚えたようである。

「で、おぬしは父御の教えを守って呑んでおるのであろうな」

「いえ、守っておりませぬ」

「ふーむ、守っておらぬのか」

「はい、父の教えどおりの呑み方をしていたのでは酒がまずうなります」

「なるほど、そうかもしれぬな。しかし、父御の教えは間違っておらぬぞ」

「そうは思いませぬ」

「七兵衛、大酒呑みのおぬしに酒の呑み方を訊かぬ手はないな。この慎三郎の父御の教えをどう思う」

「そうでございますなあ」

七兵衛は腕組みをして首を傾げた。

「酒の呑み方なぞ考えたことはございませぬが、少なくとも、酔いどれて無闇にしゃべる奴、大声をあげる奴、やたらに酒を無理強いする奴、笑い上戸、泣き上戸、いずれも好きではありませぬな。かと申して行儀ばかり気にして呑む者も感心しませぬ。酒は、己自身はむろんのこと、席を共にする者も楽しむために呑むもの、ここが肝心なところでございます」

「ふむ」

「楽しい酒にするには呑む者が己の枡《ます》の大きさを知り、その枡相応の呑み方をすればよいのです。一合枡でしかない者が三合、五合呑めばへべれけになって醜態をさらすことになります。たかが酒の呑み方ではございますが、己の枡の大きさ、器の大きさを知らぬのに変わりはなく、ろくな者ではないということになってしまいます」

「道理だな」

「念のため申し上げておきますが、わしはろくでもない男ゆえ、時には己の枡の大きさ以上に呑んだくれてへべれけになることがございます」

「それは言わずもがなよ。判っておるわ」

苦笑した宗春は若者たちのほうに向き直って言った。

「今の七兵衛の話で、先ほど李白を大した男ではないとこき下ろした理由が判ったはずじゃ。彼がもし、詩に詠んだ通り――三百六十日、日々酔うて泥の如し――という呑み方をしていたとすれば、己の枡の大きさを知らなんだことになるからな」

「己の枡の大きさを知れ、その枡相応の呑み方をせよとおっしゃりたいんですね」

慎三郎は少し鼻白んだ顔になっていた。

「察しが良いな。李白は希有《けう》の詩才の持ち主だったゆえ泥のように酔う呑み方をしても許されたかもしれぬ。しかし、武家は彼の真似をせぬほうがよい。というより士農工商を問わず凡人は真似をせぬほうがよいだろうな」

「わが父も同様なれど、何かというと、年配のお方はわれら若い者に教えたがるようでござるが、呑み方なぞ教えてもらわずとも酒は呑めます」

「慎三郎、そなたは……」

弥藤が無礼な口のききようを叱るが、顔をそむけた弟は聞き流している。

怒りはしなかったものの、宗春はもう語りかける気を無くしてしまったのだろう。

膳の料理に箸を付け始めた。

「この里芋、もっと食べたいな」

妙に静まりかえってしまった座の雰囲気を和らげようとしたのだろう。小笹が大声をあげた。

「雉のつくね汁も、お代わりがしたいくらい美味しいけど、まだ舞茸や松茸の料理もとろろご飯もあるから我慢したほうがいいでしょうね」

「わしに訊いておるのなら教えてやろう」

宗春が相手になった。

「酒同様に食べ物を入れる枡の大きさも人によって違うが、そなたの枡は途方もなく大きいゆえ、里芋であろうとつくね汁であろうと、存分にお代わりするがよい」

「それでは私が大食いのように聞こえます」

「そう申しているつもりじゃ」

「まあ、ひどい」

頬を膨らませる小笹の顔を見て弥藤が噴き出すと、本堂の中は笑いに包まれた。

取り戻した和らいだ雰囲気の中で、食べる者は食べ、呑む者は呑む。

しゃべるのはもっぱら宗春と住持、それに小笹だったが、三人とも口が達者だけに、退屈しない賑やかな時間が過ぎた。

厠《かわや》に立った弥平次が戻ってくるなり、陣内に耳打ちしたのは、己の枡以上に呑んだ若者たちが赤い顔で大声を上げ始めたときだった。

「境内に不審な人影が二つ見えましたぞ」

「ふーん」

「何者か確かめたほうがよろしいのでは……」

「寺の境内におるのだから、信仰篤き者どもが御仏に手を合わせに来たのであろうよ」

「日が暮れてからお参りにくる者はおりますまい」

「やかましい奴だな。おい、平四郎、境内に妙な人影がいるそうだから見に行ってこい」

「おれは今、おぬしが獲ってきた雉のつくね汁を賞味しておるところだ」

「七兵衛、おぬし、行ってこぬか」

「酒を楽しんでおるときのわしは尻に根が生えておるゆえ、腰を上げさせようとするな」

「ちっ、この陣内様が行くしかないということか」

愚痴を言いながら立ち上がった陣内は両腕を伸ばしてあくびをした。

招かざる客

懐手で本堂を出た陣内は草履《ぞうり》の音を響かせて歩き出したところで大きなくしゃみをし、空を見上げて呟いた。

「明日も晴れるな」

一面の星空に見事な円い月が浮かんでいる。

庫裏のほうに歩きながら大声を出した。

「探すのは面倒ゆえ、この声が届いたら隠れておらず姿を見せるがよい。何ぞ用件があってこの寺に来たのであろうから、それを聞かせてみよ。さ、遠慮は要らぬ。ぐずぐずするな」

陣内はまたくしゃみをして言った。

「ま、余程の馬鹿でない限り、素直に返事をするはずはないか」

生ぬるい声を出してはいたけれど、鐘楼横にそびえ立つ大銀杏《いちょう》の幹から、ちらりと顔を覗かせた人影を見逃しはしなかった。

千鳥足を装いながら銀杏の木に向かう。

「誰ぞ訪ねてきたのなら、みな本堂におるゆえ、あちらへ行ったほうがよいぞ」

三間ほどの距離になったところで、幹の反対側に隠れているはずの人影に声を掛けた。

「返事がないところをみると、さては盗人じゃな。この貧乏寺で何を盗ろうというのだ。本堂の仏様か。あれは安物ゆえ、大した銭にはならぬぞ」

「たわけたことを申すまいぞ」

ぬっと黒い影が二つ現れた。

頭巾に伊賀袴、二人とも黒一色の装束である。

「なるほど、公儀隠密殿のお出ましか」

陣内はにやりとして続けた。

「おぬしは野首長五郎、そちらは袈裟丸甚左右衛門だな」

「頭巾を脱がずとも判るのか」

野首が言った。将棋の賭け金一両の支払いに困っているところを、陣内が助けてやったことのある男だ。

「ああ判る。声の色、臭い、背格好、おれは一度会った相手は忘れぬ。で、公儀隠密殿におかれては何の用あってのお出ましかな」

「それも判るはずだぞ」

「ま、判らぬでもないな。例のあざみとかいう女に尻を叩かれて、われらを襲いに来たのであろうが……」

「いや、今日のところは、ただ様子を見にきただけだ」

「われらがここにおること、よう判ったな」

「公儀隠密を軽う見まいぞ。われらがおぬしたちの動きを摑んでおらぬと思うておったのか」

袈裟丸が顎を突き出して言った。

「そう胸を張らずともよいわ」

「一つ尋ねるが、おぬしらとあの若侍たちはこの寺へ何のためやってきたのじゃ」

野首はなぜか声を潜めて訊く。

「わしが教えずとも、調べはついておるはずだぞ」

「棒振りの稽古に草鞋作り、自然薯掘りに茸採りをするためきたと申すのか」

「さすが公儀隠密殿だな。よう調べたではないか。それと今宵はしこたま酒を呑み、炊きたての熱い飯に自然薯汁を掛けた頰の落ちそうなとろろ飯を喰ろうておるところだ」

「……」

生唾を呑み込む音がした。野首だけではなく袈裟丸もぐびりと喉を鳴らしたようだ。

「妙な音が聞こえたが、気のせいかな」

陣内は二人をからかってみたくなった。

「この松本は極上の水に恵まれておるのであろうな。酒が実に旨い。あれほど旨い酒を呑んだのは生まれて初めてよ。身震いの出るほどの味じゃぞ」

また生唾を呑み込む音が聞こえた。

「とろろ飯はこれから食べるところだが、自然薯はもう擂り鉢で十二分に擂ってあるゆえ、あとは熱い鰹出汁《かつおだし》を入れながら山椒《さんしょ》の擂りこ木で仕上げ擂りをするだけさ。泡立つくらい丹念に搔き混ぜ、持ち上げた擂りこ木から、とろりと糸を引くようになったら出来上がりというわけだ。これを湯気の立つ炊きたての飯に掛けて一気にすする」

「そのような話、聞きとうないわ」

怒鳴ったのは野首である。

「おぬし、とろろ飯が嫌いか」

「何をぬかす。あのように旨いものを嫌うわけはないじゃろう」

「ならば、腹を立てることはあるまい」

「腹なぞ立てておらぬ。ただ話を聞きとうないのじゃ」

「なにゆえ聞きとうないのだ」

「しつこい奴だな。おぬしに理由を告げねばならぬ義理はないわ」

「ははあ、判ったぞ」

「何が判ったというのじゃ」

「おぬしら、腹を空かせておるのであろう。ご苦労にも夕飯も食わず、この寺をうろついていたというわけだな。誰とて腹を空かせておるのに酒や旨い食べ物の話を聞かされたのではたまったものではない。額の青筋は膨らみ、生唾が口いっぱいに広がり……」

「やかましいわ。確かにわれらは腹を空かせておる。宿で作ってもらった握り飯を昼に食べたきりじゃ」

「そうであろう。うん、そうであろう。その空きっ腹に酒を流し込んだら、どうなると思う」

「どうなるも、こうなるもないわ。腹の中が熱うなって……、くそっ、いまいましい奴だな。酒の話など持ち出すな」

　大きな舌打ちをした袈裟丸の語尾が妙な具合に震えている。

「酒をあおって一息ついたら、自然薯のとろろ飯だ。飯は少しにして、たっぷり芋汁をかけ……」

「黙れ、黙れ。食べ物の話はするなと申したであろうが……。それ以上続けると絞め殺すぞ」

　野首は陣内の襟首をつかんで前後に揺さぶった。

「よいことを教えてやるゆえ、その手を放せ」

「いや、放さぬ。本当に絞め殺してやる」

「酒も呑ませてやるし、とろろ飯も食わせてやるゆえ、その汚い手を放せ」

「今、なんと申した」

「わしは腹を空かせておる者を放っておけるほど情け知らずにできておらぬ」

「それは……ど、どういうことだ。つまり、あれか。わしらに酒ととろろ飯を馳走してくれるというのか」

　野首は舌をもつれさせて甲高い声を出した。

「ああ、本堂へ行けば、酒も自然薯汁も存分にふるまってやる」

「袈裟丸、聞いたか」

野首の声はさらに甲高くなった。

「おう聞いた、聞いた」

「で、おぬし、どう思う」

「馳走になるべきかどうかだな」

「われらは、尾張様の此度の旅を台無しにせよとの命を受けて江戸からやってきた公儀隠密だわな。ここにおる不破陣内を始めとする尾張様の供の者を痛めつけるのが役目よな。とすると、どこから見ても、酒やとろろ飯をふるもうてもらう立場にはないぞ」

「いかにも、そのとおりよ。もし、馳走になったことが鬼薊《おにあざみ》の知るところとなったら、えらいことだ。考えるだけでも身の毛がよだつわい。あの女、怒り狂うて、江戸へ帰れとわめき出すぞ」

「うむ、間違いなく髪を逆立てて怒るであろうな。それでなくとも、腰の村正が血を見たがっておるの、どうのと粋がってた風谷兵馬の馬鹿が口ほどにもなく千村平四郎に打ちのめされたせいで機嫌の悪いところだ。江戸へ帰れと言うだけでは済ますまい。腹を切れと言い出すやもしれぬな」

「込み入ったご相談の途中、口を挟んで申しわけないが、ちと言わせてもらってもかまわぬかな」

陣内が笑いを噛みこらえた顔で割り込んだ。

「あざみ殿の激怒をご心配のようなれど、貴公らが報せぬかぎり、ここで何をしようと耳に入る懸念はないのではござらぬかな」

「いかにも、それはそうだ」

野首と袈裟丸は同時に頷いた。

「しかも、貴公らは腹を空かせておられるのではなかったかな」

「ああ、いかにも空かせておる。腹の皮が背中にひっつくほど空かせておる」

二人はまた声を揃えて頷いた。

「今川と北条の塩止めに困り果てた武田信玄公は思案余って、長年の宿敵上杉謙信公に塩を回してもらえぬかと頼み込んだ。頼まれた謙信公は、合戦の道具は弓矢だけでよい。米や塩を戦の道具にするわけにはいかぬと申されて、快く求めに応じられたそうな。この話、知っておいでじゃろうのう」

「いかにも承知しておる。わしらが信玄公で貴殿が謙信公だと申したいのじゃな」

野首は信玄公というところに力をこめた。

「さよう、腹を空かせて情け無い顔をしておる貴公らは信玄公だ。酒を呑ませてくれ、とろろ飯をふるまってくれと頭を下げたとしても、何ら恥じるところはござらぬぞ」

「うーむ、合戦の道具は弓矢であって、酒や自然薯汁ではないということだな」

「そうと判ったら本堂へ参ろうではないか」

「袈裟丸、どうする?」

「あえて訊かずとも判るであろうが」

「うむ、では……謙信公のご厚意を無にせず素直に甘えることにするか」

「鬼薊に知れたらどうする」

「あんな女、くそくらえじゃ」

本堂に向かって既に歩き出していた陣内は背後の会話に噴き出しそうになるのをこらえるのに苦労していた。

陣内に連れられて本堂に入ってきた二人を見た平四郎と七兵衛は一瞬、おやっという顔をしただけで特別驚きはしなかった。

宗春と小笹も見覚えのある男たちだなという程度の反応しか示さない。

他の者には二人の名前を紹介するだけで済ませたが、みな飲み食いに気を取られている。野首と袈裟丸の身分素性や陣内との関係をあえて尋ねようとする者はいなかった。

　陣内の横に居心地悪そうに座った二人の前に酒と料理が置かれる。

　小さくなっていた彼らも湯呑みの酒を空きっ腹に流し込んで酔いが回り始めると、自分たちの奇妙な立場を忘れてしまったのだろう。座に融け込んで呑み食いを楽しむようになった。

　やがて、飯炊き爺さんの号令のもと、幾人かが庫裏の台所へ狩り出され、飯びつやら自然薯汁の入った擂り鉢やらが本堂に運び込まれた。

　とろろ飯を食べようというわけだ。

　弥藤と小笹が飯を盛り、それに自然薯汁を掛ける役目を受け持った。

　あちこちで男たちが決して上品とは言えない音をたてて、とろろ飯をかき込み始める。

「おお」

　一口食べた野首長五郎が唸った。

「旨い、本当に旨い。とろろ飯はみどもの大好物で折があると食しておりますが、かほどに旨いとろろ飯を食べるのは初めてでござる」

　二口目を頬張った彼の目が濡れ始めた。

「ああ、なんという見事な味じゃ。陣内殿、この塩、いやとろろ飯、衷心《ちゅうしん》より感謝申し上げまするぞ。う、う、う……かたじけなや、くくう……旨い。実に旨い。かたじけなや、かたじけなや」

驚いたことに野首長五郎は泣き出したのである。

とろろ飯を食べて大の男が感涙にむせぶ図はめったに見られるものではない。平四郎も陣内と七兵衛もあっけにとられた。いや、宗春や小笹を含めた皆が唖然として野首長五郎を眺めた。

たまたま目を合わせた若侍の高坂喜代太郎と隈部礼次郎がこのときの平四郎の間の抜けた感じの横顔を見て、隙ありと思ったとしても無理もからぬものがあったかもしれない。

二人は素早く目と目で言葉を交わした。

〈どうする、やるか〉

〈ああ、やろう。今の千村平四郎なら大丈夫だ〉

〈しかし、おぬし随分と赤い顔をしておるな〉

〈そういうおぬしも酔うておるぞ〉

〈幾らか酔うておるけど大丈夫だ〉

〈ならばやろう。一撃を喰らわす道具は……あれとあれだ〉

礼次郎が顎をしゃくったのは本堂の大きな木魚わきに置かれた撞木《しゅもく》と和尚が経を読む際の合図などに使う錫杖《しゃくじょう》だった。

さりげなく木魚のほうに歩いた礼次郎は撞木を、喜代太郎は錫杖を摑み、足音を忍ばせて平四郎の背後に回った。

「自然薯の芋汁は出汁の出来具合、それを芋に混ぜるときの熱さ加減、擂り鉢での摺り加減などによって、味が上品にも下品にもなるものでござるが、この芋汁は注文のつけようがござらぬ。旨い、実に旨い。ううっ……、また目頭が熱うなってきおった。お代わりをさせてもらってもよろしゅうござるかな」

野首長五郎は忙しい。

皆の目が自分に注がれていることに気付いたのでしゃべるのを止めるわけにいかない。一方ではむろん、とろろ飯もかき込まねばならなかったし、わけもなく溢れてくる涙も拭わねばならなかった。隣の朋輩袈裟丸甚左右衛門すらが啞然とするほど忙しかった。

野首がお代わりした二杯目のとろろ飯に箸を付けようとしたときである。

礼次郎と喜代太郎が背後から平四郎に襲いかかった。

撞木と錫杖を頭上から同時に打ち下ろされた平四郎が何をしたのかはよく判らなかったが、二人の若者は宙に舞い、礼次郎は野首長五郎の膝の前に転がり、喜代太郎は小笹の前に落ちた。

「あらっ、この人、白い目を剝いてる。平四郎様、気味が悪いわ。口から泡を吹いてるし、死んだのでしょうか」

小笹がけたたましい声をあげた。

「死にはせぬ。頭でも打って気絶しただけだから放っておけば、すぐに正気に戻る」

「あわっ、わしのとろろ飯が……」

別の悲鳴は野首だった。

礼次郎のせいで左手から転がり落ちた椀のとろろ飯が自分の伊賀袴の上にこぼれ落ちているのを見た彼は形相を変え、床に這いつくばった若者を睨みつけて怒鳴った。

「くそっ、お代わりしてもらったばかりのわしのとろろ飯を台無しにしおったな。頭数が多いゆえ、お代わりはこれきりですよと言われた大事なとろろ飯だったんだぞ。なのに……、まだ一口も啜っておらなんだというに……、ちくしょう、このざまだ。くそっ、わしは断じて許さん」

わめきながら礼次郎の頭にぼこりと拳固《げんこ》を一つ見舞った。

「何をする。おれは松本藩鑓奉行格郡奉行隈部安右衛門の倅だぞ」

起きあがった若者は叩かれた頭を撫でながら怒鳴った。

「それがどうした。わしは公儀隠密野首長五郎じゃ。どこの藩の誰であろうと、腹の立つ相手は容赦せぬわ」

「……」

礼次郎の顔色が変わり、口を滑らせた野首がしまったという表情をして首をすくめた。

「驚くには及ぶまいぞ」

陣内が声をあげた。

宗春一行と耳売り弥平次以外の者は住持を含め、全員が驚きで顔を強ばらせている。やはり公儀隠密という言葉は彼らにとって薄気味の悪いものなのだろう。

陣内は改めて野首長五郎と袈裟丸甚左右衛門の素性を紹介し、なぜ、本堂に招いたかも、武田信玄と上杉謙信を持ち出して説明した。

「なるほど、敵に塩をのう……。実に見上げた心掛けでございますな。敵味方なく酒を酌み、ご飯を頂く。うむ、よいことじゃ、仏様もさぞかしお喜びになるじゃろう」

感心したように独り頷いていた住持の顔色が急に変わった。

「そなたが手にしておるのは木魚の撞木ではないか」

礼次郎を指差して怒鳴った。

「人を襲う道具にしおったんじゃな。なんという罰当たりな」

小笹の前に横たわっている喜代太郎のほうに目を転じた和尚の顔色はさらに変わった。

「しゃっ、そちらは六波羅蜜《ろくはらみつ》の錫杖を持ち出しおったのか。罰当たりめ、度し難い大たわけめが」

怒りで顔を赤くした住持が喜代太郎のほうに歩こうとしたとき、小笹が大声をあげた。

「ああ驚いた。この人、気を失ってると思ってたのに、薄目を開けて、わたしを見ています」

後ずさりした小笹に指差された若者は横に這ったまま目だけ開けて彼女をうっとりと見つめている。

不意に口を開いて呟いた。

「そなたは美しい。芙蓉《ふよう》や牡丹なぞは比較にならぬ。弁才天も吉祥天《きっしょうてん》もかほどに美しくはあるまい」

本堂の中はにわかに静まり返ってしまった。

真顔で耳を傾ける者もいるし、陣内や七兵衛のように笑いをこらえて聞く者もいた。

「おれは初めてそなたを見たとき、胸の奥底が熱うなり切なくなった」

「万五郎様、この人、何かわけの判らぬことをしゃべっています」

娘は無慈悲な声をあげ、眉をひそめる。

「しっ、黙って聞いてやりなされ」

唇に指を当てて制した宗春もまたにやついて聞いている方である。

「おれは、恥をしのんで言うが、小笹殿と一生共に暮らすことができたら何も要らぬと思うておる」

「喜代太郎、どさくさにまぎれて勝手な真似は許さぬぞ」

床を叩いて叫んだのは慎三郎だ。

「そうだ、互いに抜け駆けはせぬと、皆で約束を交わしたではないか」

礼次郎が続くと、木村繁四郎と河野主水が同調の声をあげた。

若者たちが交わしたという約束の中身は誰の目からも明らかだった。

五人はおそらく揃って小笹に惚れてしまったのだ。そして、互いが己の気持ちを相手に打ち明ける機会を狙っていることに気づき、抜け駆けで口説くことはしないという約束を交わしたのだ。

「小笹殿、そなたと一生添い遂げることができたら何も要らぬと思ったのは、この薄田慎三郎とて同じですぞ」

「わしも、隈部礼次郎も同様でござる」

「われらとてじゃ」

繁四郎と主水も声を揃えた。

「小笹、何とか言ってやれ」

黙って聞いているだけの娘に宗春がからかい気味の口調で声を掛けた。

「何を言えばよろしいのですか」

切り口上である。

「そうさな、嬉しいお言葉を頂きありがとうござります、というのはどうだ」

「嬉しくもないのにそう申すのですか」

「なるほど、男に口説かれ慣れておるそなたとしては、嬉しくないかもしれぬのう」

「口説かれ慣れてなぞおりませぬ」

「これはどうだ。みなさまのかたじけなきお言葉、謹んで伺っておきまする、と申すのじゃ」

「黙っていてはいけませぬのか」

「ふむ、口をききとうないか。判るぞ、うん、そなたの気持ち判るぞ」

宗春は膝を叩いて続けた。

「男が女を口説くときは、どこぞ静かな景色のよいところで、紀貫之《きのつらゆき》か藤原俊成《ふじわらのとしなり》の古歌の一つ二つ口ずさむなどの前置きをしたあと、おもむろに胸の内を伝えるものじゃ。なのに、こうしてわれらが居る中で、唐突にわしもわしもと想いを打ち明けられても、戸惑うだけで、嬉しい気持ちにも、かたじけないという気持ちにもなれぬということじゃな」

「いいえ、好ましいと思うお方から、おまえと一生添い遂げたいと聞かされるなら、どのような景色の場所であろうと、周りに沢山ひとが居ようと、わたしは嬉しい気持ちになると思います」

「それは、われらを好ましいと思ってはおらぬということでござるか」

慎三郎が叫んだ。

「……」

小笹は何も言おうとしない。

一斉に大きな溜息を洩らした若者たちはじっと彼女をみつめ、紅唇の開くの待ったが、沈黙は続いた。

「ああ、また袖にされたか」

仲間と顔を見合わせた礼次郎が肩を落として言ったあと、慎三郎の姉のほうに顔を向けて言葉を継いだ。

「この際、やけくそで打ち明けますが、われらはみな、ずっと前から弥藤殿に想いを寄せておりました。姉のような気持ちも半分ありましたが、慎三郎以外の者はみな、本気でお嫁になってもらえたらと思っていたのも確かなんです」

「……」

弥藤は一瞬、顔を強ばらせたが、わかっていましたよというように頷いてみせた。

「でも、弥藤殿は嫁に行ってしまう。われらは振られてばかりいるんです」

「部屋住みの身で女に好かれようと思うのは無理な注文なのさ」

繁四郎がぼそりと呟いた。

「そうひがむな」

陣内が笑いながら声を掛けた。

「おなごに袖にされるのはおぬしらだけではないぞ。わしなぞは数えるのが面倒になるくらい沢山のおなごに振られてきたわい」

「わしも同様よ。男はな、みなおなごに振られるために生まれてきたようなものさ。わしから言わせれば、振られてこそ男は一人前になるのよ」

「それはまことに至言でござりますぞ」

七兵衛の言葉に大きく頷いたのは意外にも住持だった。

老僧もまた惨めな気持ちになっている様子の若者たちを慰めるのに一役買う気になったのだろう。

「人に打ち明けるのは初めてじゃが、愚僧が仏門に入ったのは若い頃、ある女性《にょしょう》に手ひどく袖にされたからじゃ。あのとき振られておらなんだら、こうして墨染めの衣を着ることはなく、埒もない男になっていたに違いない。振られるのは辛いことじゃが、その辛さが男に何かをもたらす。のう、そういうものでござらぬかな」

「振られてこそ男は一人前になる――だと？　振られた辛さが男に何かをもたらす――だと？　それは負け惜しみよ」

慎三郎が唇を歪めて言った。

「女どもに相手にされなんだ者がもっともらしく言い繕ってみても、聞き苦しいだけだ。己が人に好かれるだけのものを持ち合わせておらなんだことを素直に認めるべきなんだ。妙な理屈をこねず、値打ちのない、つまらぬ男だ、負けた男だと認めるべきなんだ」

吐き捨てるように言った慎三郎は膝元の湯吞みの酒をぐっとあおり、薄い肩をそびやかせた。

陣内も七兵衛も、そして住持も反論するのは大人げないと思ったのだろう。黙っている。

短い沈黙を破ったのは本堂の隅でとろろ飯を啜っていた弥平次だった。

「おまえさまにとっては、おなごに好かれるかどうかがえらく大事なことのようなので、お尋ねしますが、どんな男がおなごに好かれるか知っておいでですかい」

飯椀を床に置き、慎三郎の顔を見た。

「そういうおまえは知っておるとでも申すのか」

けんか腰である。

「女心は難しいもの、それにあっしも自慢できるくらい振られたおなごの数が滅法多いほうですから、本当に判るとは申しません。ただ、諸国を歩き回って見聞きしたことを人様のお耳に入れて銭を頂戴する商売をしておりますので、多少は承知しておるつもりです」

「ふん、ならばどのような男が女に好かれるか申してみよ」

「いま申し上げましたように、あっしは諸国で見聞したことを銭に替える商いをしている身ゆえ、本来なら、ただでお話しするわけには参りませぬが、ここは特別に駄賃を頂戴せずにお教えしましょう」

「もったいをつけずに早く話せ」

慎三郎は床を拳で叩いた。

ほかの若者たちも身を乗り出し、早く聞きたがっている。

たわいない話題なので、宗春や住持たちは素知らぬふりをしていたが、耳だけはそばだてているようだ。

ある代官の話

「色里や赤前だれ茶屋で湯水のように金銀をばらまいて、もて囃《はや》されている男も知っておりますし、沢山の江戸娘が胸を焦がした歌舞伎役者の佐野川市松《さのがわいちまつ》の騒がれようも見聞きしておりますが、そのような男たちの話じゃあございません。ごく普通のお侍の話をお聞かせいたします」

「普通の……さむらいか」

慎三郎は鼻を鳴らし、唇を歪めた。

「本当の名を明かしたのでは差し障りがありますゆえ、仮に岩田《いわた》様と致しましょう。さる地方の五万石ほどのお大名のお名前です」

耳売り弥平次はおそらく情報の買い手に、もったいをつけて話をするのに慣れているのだろう。言葉の抑揚《よくよう》、間の置き方のいずれも聞く者を惹き付けずにはおかないものを持っていた。

「この岩田様に仕えるお侍に杉村亮平《すぎむらりょうへい》というお方がいらした。むろん、このお名前も本当のものではなく、お話をする便宜上の仮のお名前です」
七、八ヶ村の飛び地藩領代官を務める家に生まれた亮平は、二十七歳にして病死した父のあとを継ぎ、城下から飛び地に置かれた代官所へ赴任した。
「その杉村様は奥方やお子たちも連れて行かれたのでしょうね」

話を遮ったのは小笹である。

「いえ、まだ独り身だったので誰もお連れにはならなかったようです」

「代官を務めるほどの家に生まれ、二十七にもなって独り身とは、よほどの醜男《ぶおとこ》で嫁の来手がなかったに違いない」

口を挟んだ慎三郎は同意を促すように仲間のほうを見た。

「さあ、醜男だったか美男だったかは判りませんが、独り身だったのは許嫁《いいなずけ》の娘御を流行《はや》りの病で亡くしたせいだと聞いております」

話の腰を折られた弥平次は、しばらく口を閉じた。慎三郎たちに先を聞きたいという気持ちを起こさせるつもりなのだろう。

任地での亮平は代官所に引き籠もることなく、よく出歩いた。

領民にとって、何の前触れもなく村々へやってくる代官は迷惑だった。村役たちは粗相のないよう応対に気を配らねばならぬし、野良で働く者達は鋤鍬《すきくわ》の手を休めて頭を下げねばならない。できの良い田畑や少しばかり見栄を張った家普請を見られたときは年貢を増やされるのではないかと怯えねばならなかったし、駆け回る礼儀知らずの里童がいつか咎められるのではないかと気も揉まねばならなかった。

代官所の手代たちも、亮平が出歩くことを厭がった。彼らにとって望ましい代官は、支配地の様子などに興味を示すことなく、義理で役所に顔を出す以外はもっぱら屋敷内に閉じ籠もり、仕事は自分たち手代に何もかもまかせる鷹揚な男だったのである。

したがって、代官が外出しようとすると、露骨に迷惑顔をしたが、亮平は止めようとしなかった。

彼がしばしば出歩いたのは特に仕事熱心だったからではなかった。

薄暗い役所の中で覇気のない手代たちと顔を合わせているよりも、また、書見をしたり庭で弓を引いたりするよりも、野山を歩くほうが気が晴れたから、外出を好んだにすぎなかった。

いずれにしても代官杉村亮平は支配地回りを好んだ。

当初はしばしばやってくる若い代官に困惑し、あるいは迷惑がった領民たちも、偉ぶったところがなく、気軽に女子供や年寄りに声を掛けてくる彼に、次第に親しみを覚えるようになった。

中には、代官が独り身であることを知って、早く嫁御をもらいなされと、気安い口をきく老婆まで出てくるようになった。

「退屈な話よな」

慎三郎が両腕を伸ばし、あくびをする真似をした。

「その杉村が少しばかり、のっぺりした顔をしていたので肥臭い村娘たちが熱をあげたという話なら、先は聞かせてもらわずともよいぞ」

「退屈な話ではござりませぬ」

小笹が慎三郎を遮った。

「それに杉村というお侍様はのっぺりしたお顔の持ち主ではなく、日に焼けた丈夫そうなお方で、きっと優しい目をしていて笑うと子供のような顔になるお方だったと思います」

「ほう、ようお判りでござりますな。あっしが聞いた話でも、よく出歩いていらしたので顔は黒く日焼けしており、とても優しい目の持ち主だったそうです」

弥平次は驚いたような顔で言った。

「杉村がのっぺりしていようといまいと、退屈な話に変わりはないわ」

「慎三郎、黙って聞いたらどうです。小笹殿の言うように、私も退屈な話だとは思いません」

弥藤がたしなめると、慎三郎は口を尖らせたものの黙ってしまった。

「美しい女性《にょしょう》お二人がああ申されたのですから続けてもよろしゅうござりますな」

咳払いを一つした弥平次は切り出した。

「杉村亮平様が代官になられて二年目の秋を迎えたとき、支配地は大雨のせいで川土手が切れ、沢山の田畑が水に浸かってしまいました。刈り入れ前の稲田は一面洪水の泥に埋もれ、一粒の米も手にすることのできぬ村人さえ見られる大被害をもたらしたのです。この悲惨な状況を杉村様はご自分の目で確かめて回り、今年だけは定免法ではなく検見法を採り年貢減免を願いたい――とする領民たちの嘆願を聞き入れ、その旨の提案を藩の重役に致しました」

「ますます退屈な話になってきたな」

「黙って聞かぬか」

平四郎が慎三郎を低い声で一喝した。

「ところが、重役連中はこの提案を一蹴してしまったのです」

岩田藩主は幕府の要職に就いていて何かと物入りだった上、火事で焼失した江戸藩邸新築に大金を投入していたので、藩の台所は火の車。年貢を増やすことは考えていても減免は論外だったのである。

杉村亮平は国元はもちろん、江戸の重役の元へも足を運び、飛び地領地の悲惨な状況を伝え、年貢減免を訴えたが、全ては徒労に終わった。

支配地各村の名主を代官所に呼び集めた杉村は、残念ながら年貢減免の嘆願を聞き入れることはできぬ、と申し渡すことになった。

「減免はできぬと告げられて愕然とした名主たちは口々に、われらに死ね、娘を売れ、逃散せよと申されますのか、と涙ながらに再考を願い出たのですが、腕組みをして黙って聞くしかなかった杉村様はやがて口元に笑みを浮かべて申されたのです」

ここまで話した弥平次は口を閉ざし、本堂の中を見回した。

「そう、笑みを浮かべて……杉村様は申されたのです」

「何と申されたの？」

じれた小笹が弥平次を睨んだ。

「知りたいのございますな」

「当たり前でしょう」

「本当に知りたいのですな」

「ふざけるのはよせ。早く話さぬと、その南瓜頭《かぼちゃ》に大きな瘤《こぶ》をつくるぞ」

怒鳴ったのは礼次郎だった。

「あっしが続きを話す前に伺わせていただきましょう。杉村様は何と申されたと思われます？」

「われらが知るわけはないだろうが」

今度は慎三郎が怒鳴った。

「おおよその見当をつけることはできませぬかな」

「百姓どもがその道しかないと言うたのなら、望みどおり死ね、娘を売れ、逃散せよと申したのであろうよ」

「あなた様が代官だったなら、そう申されるやもしれませぬな」

「そのようなむごいことは言わぬわ」

「ならば何と申されます」

「知ったことか」

「いや、逃げずに考えてみなされ。わしも考えるゆえ、みな、杉村が何と申したか考えてみようではないか」

声を上げた宗春は珍しく真剣な表情をしていた。

促された一同はそれぞれに首をひねった。慎三郎以下の若者たちも意外に真顔になって考えこんだ。二人の公儀隠密や住持までもが本堂の天井を睨んで考えこんだ。

これを眺めていた弥平次がやがて口を開いた。

「杉村様はこう申されたのです。年貢は例年通り納めてもらう。しかし、そのほうたちの手元に米俵へ詰めるべき米がないのは承知しておる。されば、草木、籾殻《もみがら》、落ち葉、土、何でもよいゆえ詰めて納めるがよい――と」

「えっ、草木や落ち葉を、ですか」

小笹が驚きの声をあげた。

「意外な申し渡しにあっけにとられた名主たちは、そのようなことをすれば厳しいお咎めを受けることになります、と首を横に振ったが、全てわしがうまく取りはからってやるゆえ案ずるには及ばぬ。その米俵を納めれば年貢は納めたことにしてやるから言う通りにせよ――という代官の言葉を結局、信じることにしたのでございます」

若い代官のとんでもない言葉に驚いたのは名主たちだけではなかった。代官所の手代たちが顔色を変えて、そのような米俵を年貢として受け取るようなことがあれば、われらは腹を切らされることになると、杉村に詰め寄り正気とは思えぬ指示の撤回を求めた。

「こうした手代たちを黙って眺めていた杉村様はやがて申されました。おぬしたちが咎めることは決してないから安堵せよ、と。そして声を潜めて、偽りの米俵を受け取った後の処理を詳細に指示されたのです。さて、その指示の中身でござりますが……」

弥平次は湯呑みの底に残っていた濁り酒を音をたてて喉に流し込み、大きな息をついた。

「どのような指示をしたかなぞと訊くつもりでおるなら止めておけ。もったいぶらずに先を続けぬと、本当に痛い目に遭わせるぞ」

礼次郎が貧乏ゆすりをしながら怒鳴る。

苦笑した弥平次は言われるまま余計なことを口にすることなく、話の先を続けた。

年貢米上納の日がやってきた。

支配地の村々から次々に割り当てられた数の米俵が代官所に運び込まれることになった。

杉村の温情に少しでも応えようとした名主たちは掻き集めた銭で他所から買い入れた所謂《いわゆる》買納米も含めた本物の米俵をできる限り揃えたが、それでも草木、籾殻、土などの詰められた偽の米俵を相当の数持ち込まねばならなかった。

代官所に運び込まれた年貢米は例年なら、手代によって一つひとつ中身の検査が行われるのだが、この年は俵の数が割り当てどおりだと確かめられると、裏側が領収書になっている皆済目録がそれぞれの村の名主に手渡された。

年貢上納日は見た目では例年と変わりなく平穏無事に終わった。

翌日、代官杉村亮平は手代たちに偽の米俵全てを米倉から運び出して焼き捨てるよう命じた。

そして、こう付け足した。

――焼き捨てた米俵は全て、この杉村が酒、博打《ばくち》、女遊びなどで作った借金を清算するため、横流しして売り払ってしまった米俵である。年貢米不足分に関する藩庁からの取り調べが必ずあるはずだが、そのときは、わしが今申したように応じるつもりゆえ承知しておけ。なお、念のため申し渡しておくが、これ以外の事実は一切無いものと思え。

代官が何を考えていたかを知った手代たちに返す言葉も諫《いさ》める言葉もあろうはずはなく、黙って聞くしかなかった。

「杉村様はお命を捨てる覚悟をなさっていらしたんですね」

大きな溜息をついた小笹が膝の上の自分の手に視線を落として呟いた。

「その日から半月ほど経ったよく晴れた日の夕刻、杉村様は打ち首に処されたそうです」

低い声で言った弥平次は両目を閉じ、腕を組み直した。

静まり返ってしまった本堂に宗春の腹立たしげな舌打ちが響いた。

「せめて武士らしく腹を切らせてやれなんだのかのう」

「あっしもそう思いました。藩の重役たちはきっと事の真相をつかんだはずです。とすれば、罪人ではない別の扱いようがあったのではないかと無念でなりませんでした」

「許し難い重役どもよな。少なくとも武士としての死を与えるべきじゃ。のう、そうであろうが」

憤りの声をあげた野首長五郎は、同調を促すように隣の袈裟丸甚左右衛門の顔を見た。

「名主衆や手代衆は何かできなんだのでしょうか。ただ手を拱《こまね》いていただけなんでしょうか」

話に加わった弥藤も納得しかねるという顔をしている。

「杉村様は年貢米の不足分についての申し開きを求められて城に呼ばれた日の夕刻、処刑されたようでござります。名主衆も手代衆も手のほどこしようがなかったに違いありません。もっとも、たとえ処刑まで間があったとしても何もできなかったでしょうな」

「それは杉村も承知の上だったのだろうな。ひょっとすると、城に呼ばれた日の処刑は杉村自身が求めたことかもしれぬな。手代や名主たちに余計なことをさせぬために……。事の真相を報せる者が出てくるようなことになると手代や名主たちが咎められる羽目になり、己の死が無駄になると考えたに違いない」

宗春の言葉に無言で誰もが頷いた。

「この話を聞き終えたあっしは無性に杉村様のお墓に手を合わせたくなりました。まことに立派なお仕事をなされましたなと申し上げたかったのです。そこで、岩田の城下でお墓のある場所を尋ねて回ったのですが、杉村様が亡くなられて二年にしかならぬというに、知らぬ存ぜぬと首を振る者ばかりで、なかなか教えてもらえませなんだ」

「人はみなそんなものだ。杉村が領民のために命を投げ出したことが城下に伝わっておらぬはずはない。それでも藩の咎めを怖れて素知らぬ顔をするのが人というものよ」

声を荒げる野首の口から飯粒が飛んだ。

「断られても諦めずにあちこち尋ねて回ると、これこれの場所へ行けばすぐに判るからと、ある老婆から岩田城下の北はずれにある里山を教えられたのです。あっしは教えられたとおりに行きました。刈り入れの近い稲田の中を抜ける道を歩いて……」

両側が白い薄《すすき》で埋まった道だった。

土手の至る所に赤い彼岸花が揺れる道だった。

足を進めると、左右に秋の穏やかな日差しを浴びた稲穂の波が黄金色にきらめいていた。

やがて、それらしい里山が見えてきた。

稲架《はさ》を組んでいる老爺に近づき、杉村亮平の墓に手を合わせにきたのだが、場所が判らぬゆえ教えてくれぬかと声を掛けてみた。

また断られるのではないかと思ったが、頷いた老爺は節くれ立った泥で汚れた指で里山の裾を指し、声を潜めて、

――杉村様はあそこで眠っておいでになられますわい。

と言った。

そして聞きもしないのに老爺は続けた。

――この岩田のお侍様はみな城近くの墓地山に入っておいでになるというに、杉村

様だけはこんなはずれの日の当たらぬ北山じゃ。でものう、手を合わせにくる人が絶えたことはありゃしませんぞ。

彼の話によると、墓参りに訪れる老若男女の数は雨の日雪の日でも十人をきることとはなく、藩士などに目をつけられぬよう朝夕、こっそりやってくる。毎日欠かさず詣でる者もいた。杉村が代官を務めた飛び地からここまでは三里近くあるが、少なくとも二、三人が朝晩やってきて墓掃除をし、花や水を手向《たむ》けてゆくのだそうだ。

老爺に礼を言って里山に向かった弥平次は杉村の墓へ到る小道をすぐに見付けた。

山裾を廻る道は手入れが行き届いていた。

両脇の灌木や雑草はきれいに刈り取られていたし、登り坂には丸太の階段が作られ、歩くのに邪魔になる小石は丹念に取り除かれていた。

小道に入ると、山側の斜面の至る所にまた赤い彼岸花が咲いていた。

墓は杉木立の間にあった。

墓石は粗末で小さなものだったが、回りはきれいに掃除されており、沢山の花が置かれていた。

しゃがんで手を合わせた弥平次は墓石に声を掛けた。

――杉村様、おまえ様こそ真のお侍様でございます。どんな偉いお人と比べても劣ることのない本物のお侍様でござります。

手を合わせているうちに、涙がこみ上げてきた。縁もゆかりもない相手なのに深い悲しみが胸の底から溢れ出てきた。

袖で濡れた頬を拭っていると、落ち葉を踏む足音と共に老婆と百姓娘の二人連れが姿を見せた。

娘は両手いっぱいに野菊と萩の束を抱えており、老婆は線香と水の入った竹筒を持っていた。

目を赤くしている弥平次に余計な警戒は要らぬと思ったのだろう。

老婆も娘も気安く声を掛けてきた。

彼女たちは弥平次が他国者と知ると、顔を強ばらせたが、手を合わせに来たいきさつと杉村亮平のとった行為にどれほど心打たれているかを告げると、すっかり打ち解けて、自分たちが代官の死を如何に悲しんでいるかを語ってくれた。

それによると、飛び地の領民は杉村の死後、藩の目を盗んで密かに丸一年喪《も》に服することにした。このため、決まっていた祝言を延ばす者も出てきたが、誰一人不平を言う者はいなかった。それどころか、丸一年経っても喪に服するのを続けると言い張る村娘が数多くみられ、親を困らせた。亡くなった代官を悼《いた》む彼女たちの気持ちは周囲が考えている以上に強かったのである。

野花を抱えた娘が、

――私もその一人です。

と言って目尻を拭うと、彼女の祖母である老婆は、

――杉村様が救って下さらなんだら沢山の村娘が女衒《ぜげん》の元へ売られたじゃろうから、気の済むまで喪に服するがいいさ。

と呟いた。

毎月三、四度は欠かさず三里の山道を越えて墓参りに来ているという二人に、弥平次が、

――足腰の丈夫な娘御は別として婆様は大変じゃな。

と言うと、老婆は首を横に振って答えた。

――なにが大変なものかい。杉村様のご母堂様のことを考えたら、少しも苦になりませぬわい。

藩は杉村を処刑した後、残された唯一の家族である老いた母親を領内から放逐《ほうちく》した。

小者一人を供としてひっそりと城下を後にする老母を見送った者の数はわずか四、

五人だった。見知らぬ土地で生きてゆかねばならぬ彼女の先行きを案じて涙を流す見送りの者たちに本人は笑顔で言った。

——わたしは存外生きてゆく知恵を持ち合わせておりますゆえ、案じて下さりますな。倅もこれを承知していたゆえ、思い切ったことをやったのでござりましょう。もし、わたしのことを気にかけて下さりますのなら、ときどき倅の墓に線香の一本もあげてやって下さりませ。

この話を聞かせてくれた村娘の祖母は、わしはいつも杉村様のご母堂様の代わりにお参りにきているつもりじゃ、と言った。

墓周りを掃除してから帰るという二人を残して、弥平次は赤い彼岸花に彩られた道を戻ったが、途中、杉村の墓に向かうと思われる幾人もの老若男女とすれ違った。

「これで杉村様の話はお終いでござります」

語り終えた弥平次は、懐から手拭いを出して唾で濡れた口元を軽くぬぐった。

それぞれに思うところがあるのだろう。誰も口を開こうとしない。

小笹が濡れた目元を袖口で拭っている。いや、泣いているのは彼女だけではなく、弥藤の目も赤く潤んでいる。

「まことによい話を聞かせてもらったな」

　宗春がしんみりとした口調で言った。

「かたじけなきお言葉なれど、こうした話は誰も買ってくれませぬゆえ銭にはなりませぬ」

　弥平次は嗤った。褒められた照れ隠しなのだろう。

「いや、わしが買ってやる。かほどの話を聞かせてもらって木戸賃を払わぬ手はあるまい。幾ら欲しい」

　宗春の言葉に、陣内が渋い顔になったが、気付いたのは七兵衛だけである。

「へ？　本当に買っていただけるんですか」

「おぬしの商いは耳売りであろうが。汗をかいて仕入れた話をただでふるまったのでは顎が干上がるじゃろう」

「へい、仰せのとおりでございます」

「言うておくが、そこの公儀隠密殿、わしが買いあげる以上、この話を勝手に使うことは許されぬぞ。例えば、岩田藩のまことの名を探り出し、老中の耳に入れるような真似は許されぬと思うがよい」

「それはまた何故《なにゆえ》でござりますかな」

　応じた野首の目が赤い。彼もまた杉村の話を泣いて聞いていたのかもしれない。

「判りきったことを訊くな。手柄を立てたがっておる老中が岩田藩取り潰しの口実にする怖れがあるからじゃ。杉村は藩政に背いたかに見えるが、長い目で見れば領民の疲弊、逃散、一揆《いっき》を防いで藩の安泰に尽くしたのじゃ。その藩が取り潰しになったのでは杉村の死が無駄になる。よいな、もう一度念を押しておくが、岩田藩のまことの名を探ることは許さぬぞ」

「承知しました。仰せのとおりに致します」

野首は幾度も頷いてみせた。

「で、幾ら払えばいい」

宗春は改めて弥平次に訊いた。

「杉村様の話の値段でござりますな。銭になるとは思っておりませなんだので、幾らでもよろしゅうござりますが、五両頂戴致しましょうか」

「随分安いな。陣内、聞いていたであろうな。耳売りに十両払ってやれ」

「はっ」

返事をした陣内は気前のよすぎる主人に舌打ちしそうになっていた。

「肝心なことを忘れておりましたわい」

思いがけない商いをしたせいで恵比寿《えびす》顔になっていた弥平次が大声を出して慎三郎

たちのほうに向き直った。

「杉村様の話をしたのは、どのような男がおなごに好かれるかを、おまえ様方に知っていただくためでしたな。如何です。おなごの心を捉える男というものがお判りいただけましたかな」

「おなごのことなぞ、もうどうでもよいわ」

低い声で答えた慎三郎の目尻に涙の跡らしいものが見えた。この若者も杉村の話に泣いたのだろうか。

「ほう、さようでござりますか。そうそう、言い忘れておりましたが、墓参りの際会った二人と別れるとき、杉村様は見栄えのする人だったのかと訊ねたところ、村娘が申しました。背の低い、色黒の四角なお顔の方だったけれど、馬や牛のような優しい目と丈夫そうな白い歯を持っておいでになったと……」

「……」

慎三郎は頷くだけで何も言おうとしなかった。

口をきかなくなったのは彼だけではなく、ほかの若者四人も押し黙って、空の湯呑みを見つめたり、顎や首筋を撫でたりしている。こうした彼らを横目で見ていた平四郎が不意に口を開いた。

「おぬしら、どうも呑み足らぬようだな。どうだ、もう少しやることにするか」

声を掛けられた若者たちは平四郎を見返すと、黙って頷いた。

追い剝ぎ発覚

「もう五つ（午後八時）になったかのう」

鐘楼で小僧が撞《つ》く鐘の音が夜風と共に本堂内に流れ込んでくる。

目をしょぼつかせた住持が呟いた。普段なら既に寝ている時間なのだろう。

「お父上に叱られまするぞ」

と小者の仁蔵に促された弥藤が慌ただしく帰り支度を始めた。

宗春が誰かに送らせようと言って、もぐら同心たちの顔を見渡していた時、小僧に案内された新たな客が本堂の中へ入ってきた。

頭巾を被った大柄な武家である。供の者と思われる若侍を従えていた。目の色がひどく緊迫しているように見えるし、急いで来たのであろう、肩でせわしなく息をしている。

「あらっ、父上」

弥藤が小さな叫び声をあげ、慎三郎も同様の意味の驚きの声を洩らした。

半ば眠りかけていた住持も意外な客に戸惑って、

「これはこれは……、ようこそおいでくださりましたな。夜道はとても……あれでござりましたでしょうに……」

と、わけの判らぬ挨拶を口にした。

無言で立ったまま、荒い息をしながら本堂の中を見回す薄田外記に宗春が声を掛けた。

「その様子からすると、何かあったな」

びくりとしてこちらへ目を凝らす外記に、宗春はさらに続けた。

「この寺の長い石段には息が切れるはずじゃ。まずは腰を下ろしたらどうだ」

「まさか……あなた様は……」

松本藩国家老に横柄な口をきく老人を見据えていた外記はかすれ声を出した。

「それ以上言うまいぞ。わしの名は万五郎じゃ。万五郎と呼んでくれたらよい」

頭巾を取った外記は宗春の前へ進み、平伏しようとした。

「その手をあげなされ。わしは尾張の材木問屋六角屋の隠居ということになっておるゆえ余計な気を使わずともよい」

「尾張様、いえ万五郎様、あなた様がなぜここに……、確か幕命で……」

「外記、わしのことはいずれ話すゆえ、差し障りがなかったら、そこもとの話をまず聞かせてくれぬか。ただごとでないのはその顔で判る。この時刻にこの寺へやってきたのだから倅に関わることに違いないというのも見当がつく」

「……」

外記は本堂の中を改めて見回した。

後刻、宗春が語ったところによると、国家老になる前の江戸家老時代の外記は並ずれた将棋の腕の持ち主として他藩にも知られる存在だった。このため、当時尾張藩主だった将棋好きの宗春が三度ほど藩邸に招き、相手をさせたばかりでなく、手合わせの後、酒を酌み交わしたこともあるのだそうだ。

したがって、薄田外記にとって宗春は特別親しみを覚える貴人だったはずだが、寺へやってきたわけを聞かせよと促されても直ぐに応じようとはしなかった。

「ふむ、黙っておるところをみると話す気になれぬか。言うておくが、そなたの倅とわしとは……」

「よう判っております。みどもは何もかも承知いたしております」

宗春を遮った外記は宗春の元へにじり寄り、耳元へ何か囁き始めた。

「ほう、と言うと、娘御のやることは全て承知していたわけだな」

声をあげて応じる宗春は、慎三郎ら若者と平四郎らもぐら同心に聞かせるつもりなのだろう。

「ふむ、ことの揉み消しも、旅人に頭を下げて銭を返すことも……、なるほど、この寺に何のため来ていたかも……、ふむ、平四郎ににしごかれるのを喜んでおったとな……。そなたもやはり人の親じゃな」

聞き耳を立てる慎三郎にも、父親が何を話しているかは見当がついたのだろう。驚きを隠せずにいる。

慎三郎だけではない。弥藤にとっても意外だったのだろう。切れ長な目を大きく見開き、何か言いたげな表情で父親の横顔を凝視している。

「そこまで承知しておるのなら、ここへやって来たわけを明かしてくれてもよいではないか。おう、話してくれるか。力になってやるゆえ包み隠さず申してみよ。ふーむ、なるほど……、確かに厄介だな。将棋で言うと王手を掛けてきおったわけか。こちらの手駒は？　なにっ、無いに等しいだと……。ふーむ、手駒は無しか。やれやれ……、始末の悪い将棋だな」

腕を組んで考え込んだ宗春はやがて顔をあげると、もぐら同心たちのほうを見て、あちらへ集まれと言うように本堂の隅を指差し、自分も腰を上げた。

残された外記も弥藤と慎三郎に目で合図して本堂の反対側の隅に歩き、寄ってきた二人に声を潜めて何か語り始めた。姉弟の顔色が変わったところをみると、宗春に耳打ちした話を聞かせているのだろう。

「まず平四郎に訊くが、薄田の倅はどうじゃ。見込みがあるか」

本堂の隅に集まったもぐら同心の顔を見渡した宗春は小声で言った。

「まっとうな男になる見込みがあるかということでございますな」

平四郎は反対側の壁際で父親の話を聞く若者のほうに目をやりながら応じた。

「ああ、そのとおりじゃ」

「かなりひねくれておりますが、頭は悪うないし、存外うぶなところもございます」

「見込みがあるということだな」

「ええ、あると申してよいでしょう」

「ほかの四人はどうだ」

「あやつらも同様で、頭の良し悪しは別として純なものを失っておりませぬゆえ救いはございましょう」

「よし判った。ならば見捨てるわけには参らぬな。厄介なことになったが、おぬし達なら何とかできるだろう。助けてやれ」

「承知しましたと申し上げる前に、その厄介なことの中身と、何から助けたらよいのかを、お聞かせいただけませぬか」

三人を代表して陣内が口を挟んだ。

「外記から聞いた話、まだ言うておらなんだかな」

「さようでござります」

陣内は苦笑を気付かれまいとして頬を擦り上げた。

「外記の倅どもが鳥居峠で何をやっていたかが藩の大目付の知るところとなってしまったらしいのじゃ」

なぜか宗春は嬉しそうな顔で言った。

娘弥藤の不審な行動を探るうちに倅慎三郎の非行を知った外記は悩んだ。家老としての立場上、非行を知ったことになれば、倅といえど厳しい処罰を下さざるをえないからだ。

悩んだ末、弟を立ち直らせようと懸命になっている弥藤に全てを托し、自分は何も気付かぬふりをして、非行の後始末をする弥藤を背後から密かに助け、また、事が公にならぬよう様々な手を打ってきた。

ところが、この日、藩の大目付日置甚五兵衛《ひおきじんごべえ》が城の家老執務室に固い表情でやってきて、こう言った。

――ご子息慎三郎殿から噂の真偽について、五日後に城で話を聞かせていただく所存でござります。ご了承いただきたい。

どのような噂か教えてくれと外記が訊くと、甚五兵衛はしばらくためらった後、首を横に振った。

――とても信じ難い噂なので、いまお耳に入れるのは遠慮させていただくことにします。

こう言われたら、鳥居峠の件だと見当はつく。外記は、そうかと頷き、相手の申し出を了承するしかなかった。

「つまり、慎三郎たちの非行が大目付の知るところとなり、吟味が行われることになったというわけか」

陣内が呟いた。

「甚五兵衛の口ぶりからして、ただ吟味するだけではなく、被害に遭った者による首実検もありそうだ、と外記は申しておる」

「慎三郎の顔を隣室からこっそり覗かせ、わしから銭を巻き上げようとしたのはこの人に間違いございませぬ、と言わせるつもりでございますな。家老の倅にそこまでやるとは、甚五兵衛という男、かなり厄介な相手と考えねばなりませぬな」

「外記もそう申しておった。謹厳実直を絵に描いたような融通のきかぬ石頭の堅物で、曲がったことは女子供といえど許さぬという正義の士を自認しており、藩の公金をわずか数両使い込んだにすぎぬ男に切腹を強いたそうじゃ。奴は頭目格の慎三郎の非行を明らかにした後、残りの四人も順次取り調べて罰するつもりらしい」

「数両の使い込みで死罪でございますか。となると、慎三郎たちも切腹は免れませぬな」

「さればこそ、外記は青くなっておるのじゃ。あやつも世間並みの親馬鹿よ」

「家老の力で何とかならぬのでしょうか」

「ならぬから青くなっておるのじゃ。甚五兵衛の妻は城代家老久枝大膳《ひさえだいぜん》の妹とか。城代の後ろ盾があるゆえ、外記といえど筋の通らぬことを押しつけるわけにはまいらぬのよ」

「慎三郎たちは言い逃れのできぬことをやらかして正当な罰を受ける。ま、腹を切らされても仕方ありませぬな」

「身も蓋《ふた》もない薄情なことを申すな。あやつらは腹を切るには如何にも若すぎる。何とかしてやれ」

「そう申されましても、他藩のことでござりますし、慎三郎たちが悪事を働いたのは事実で、相手にしなければならぬのは正義の士。手の打ちようがありませぬ」

「あの美しい弥藤を泣かせたいのか。何とかしてやれ。おまえたちならできる。わしは外記と久しぶりに将棋を指すゆえ、まかせるぞ」

「こんなときに将棋でござりますか」

陣内は唖然として七兵衛と平四郎の顔を見た。

「ああ、何年ぶりじゃろうな。あやつ存外手強いゆえ……、おい、外記」

手招きした宗春は、

「庫裏に和尚の使う将棋盤がある。これから一番指さぬか」

と声を掛けた。

「えっ、将棋でござりますか」

沈痛な顔をして娘と息子に何か話していた男は驚きの声をあげた。

「慎三郎の件なら、この者どもにまかせておけ。頼りになる奴らゆえ、うまくやってくれるわい。されば、われらは久しぶりに顔を合わせたのじゃから、酒でも呑みながら一勝負しようではないか」

「しかし……今は……」

外記はそれどころではないと言わんばかりに首を横に振った。

「なるほど、年をとると腕が落ちるものゆえ恥はかきとうないか。よかろう。弱い者いじめをするのは止めることにしようぞ」

「な、何を申されまする。腕が落ちるどころか、みどもの将棋は江戸にいた頃に比べ……、ちっ、聞き流すわけにいかぬことを申されましたな。承知しました。やろうではありませぬか。ええ、薄田外記、取りこみ中ではござりますが、お相手しますぞ」

叫んだ大柄で福々しい顔をした男は怒り呆れて引き留める娘を振り切って、宗春と共に庫裏のほうに歩き去ってしまった。

「あきれたもんだな」

苦笑した陣内はまた平四郎と七兵衛の顔を見た。

「やるしかないようだが、さて、何から始めるかな」

「まず、あやつらを呼ぼう」

と言った平四郎は慎三郎以下の若者の名を順次呼んで、手招きした。

呼ばれた若者たちが前に座るや、平四郎は手短に大目付が動き出したことを伝えた。

すでに父から話を聞かされている慎三郎は黙って聞いていたが、他の若者たちは顔色を変え、驚きの声をあげた。

平四郎は厳しい表情で続けた。

「若いおぬしらは死ぬにはまだ早すぎるが、曲がりなりにも武士だ。腹を切れと言われたら、潔《いさぎよ》く切れるだろうな」

「……」

五人とも黙っている。

長い沈黙を経て、慎三郎が口を開いた。

「切る。立派に切ってみせる」

胸を張って言った。

「おぬしらはどうだ」

残る四人に声を掛ける。

「……」

「よかろう。返事は後から聞かせてもらうことにしよう。慎三郎に訊ねるが、どうせ命を捨てるのなら、さっき弥平次が聞かせてくれた代官杉村亮平殿のような死に方をしたいと思わぬか。犬死にではない死に方、おぬしの大事な命に見合う死に方だ」

「むろん、杉村のような死に方ができるなら満足だ。いや、満足というより、あの代官のような命の捨て方をしたいと思う」

口のききようは明らかに今までとは違っていた。

「おれも同じだ」

礼次郎が応じると、残る仲間も一斉に頷いた。彼らの表情、態度もこれまでのものではない。杉村亮平の話が若者たちに何かをもたらしたのだろうか。

「つまり、みな犬死にはしたくないということだな」

五人は無言で首を縦に振った。

「よし、犬死はさせぬ。大目付の件はわれらが何とかしてやるゆえ安心せい。ただし、約束してほしいことが一つある」

「どんな約束だ?」

慎三郎が顔をあげた。

「鳥居峠に御嶽山参拝のための新しい鳥居を建てると約束するのだ。おぬしらは御嶽党を名乗っていた際、たしか旅人たちにこの話を持ち出していたはずだ。本当に鳥居を建てることになれば旅人たちを騙したことにならぬ。急ぐには及ばぬが、いずれ鳥居を建てるのだ」

「……」

五人は互いの顔を見合わせた。

「どうだ、約束するか」

「承知した。約束する」

慎三郎がきっぱりと言い、同意を促すように仲間たちのほうを見た。

「鳥居を建てるには銭が要る。ひとかどの武士にならぬと、約束を果たすことはかなわぬが、いいのだな」

「誓って、約束を反古《ほご》にするようなことはせぬ」

「陣内、七兵衛、聞いたな。慎三郎が約束してくれた以上、われらは、われらの仕事をやらねばならぬぞ」

「うむ、やらねばならぬな」

陣内は口を開いて応じ、七兵衛は首をこくりとさせて応じた。

「おまかせしても、よろしいのでしょうか」

いつの間にか若者たちの背後に近寄って聞き耳を立てていた弥藤が声をあげた。

宗春と将棋を指しに行ってしまった父親を頼りにできぬと考え始めた彼女は、ひどく不安そうな顔になっていた。

「ま、何とかいたします。少なくとも弟御たちに腹を切らせるような真似はいたしませぬわい」

応じた陣内は胸のうちで、安請け合いをしたかな、と呟いていた。


もぐら同心たちが寝泊まりしている雲水部屋に弥平次と野首、袈裟丸の二人も座っていた。彼らを呼び寄せた陣内には何か考えがあるらしい。

襖ひとつ隔てた隣は若者五人が使う雲水部屋である。

弥藤は小者仁蔵を連れて屋敷へ帰った。小笹は住持が用意した庫裏の一室に入っている。宗春と薄田外記は庫裏の客間で将棋を指しているはずだ。

「おおよその事情はいま話したとおりよ。われらに、あの若者たちを助けねばならぬ義理は寸分もないのだが、ま、成り行きで助けることにしたわけさ」

一息ついた陣内は反応を伺うように弥平次と野首、袈裟丸の顔を見た。

男たちの前には、本堂から持ってきた料理の残りと酒があった。

弥平次は冷えた松茸の土瓶蒸し《どびんむ》をすすっていた。野首と袈裟丸は舞茸と牛蒡《ごぼう》の胡麻油炒めと焼き松茸をつつきながら呑んでいる。七兵衛はむろん濁り酒の入った湯呑みを手にしていた。

「で、平四郎が言いおった。ここは人を騙し、たぶらかすのを得意とする骨董屋のおぬしに知恵を出してもらうことにする、とな。随分と人聞きの悪いことをほざきおるわ。ま、それで知恵を絞ることにしたのだが、正直なところを申すとな、ろくでもない若者たちの腹なぞどうでもよい。ただ、弥藤殿を泣かせるわけにはいかぬ。あの娘は美しいだけではのうて、賢いうえ弟想いで情が深い。それに……」

陣内の舌はもつれている。顔も赤い。かなり酔っているようだ。

「陣内、余計なこと言っておらず本題に入らぬか」

平四郎が苦い顔で促した。

「慌てるな。秋の夜は長い」

「おれは眠いのを我慢しておるのだ。いい加減にせぬと、寝てしまうぞ」

「やかましい奴よな。よかろう。ならば始めることにしよう。野首殿よ、なにゆえ、貴公らをここへ呼んだか、おわかりかな」

「わかるはずはあるまい」

呑み食いに忙しい男は生返事である。

「頼み事があるゆえ呼んだのよ」

「何をしたらいい」

「厭とは言うまいな」

「話を聞かねば返事のしようがないわ」

「わしと平四郎が公儀の者に化けるのを手伝うてくれぬか」

「よう判らぬな」

「わしと平四郎が公儀隠密野首長五郎と袈裟丸甚左右衛門を名乗り、松本藩大目付と面談するのを手伝うてほしいのだ」

「何を、どう手伝えばいい」

「融通のきかぬ石頭の大目付は、こちらが公儀の者と名乗ってもおそらく、鵜呑《うの》みにはすまい。疑ってかかって、身分素性を示すものを見せよと言うに違いない。さればじゃ、おぬしらが持っておる公儀の者の証《あかし》を貸してほしいのだ」

「できぬな。われらの名を騙《かた》るのを許した上、そのようなものを貸したとなれば、ただでは済まぬ。切腹ものだ」

「ほんの一刻ほど借りるだけだ」

「一刻でも一日でも貸すわけにはいかぬ」

「野首殿よ」

陣内は座り直した。

「腹を空かして震えていた貴公らに旨い酒と自然薯のとろろ飯をふるまったのは誰だ」

「恩着せがましいことを申すな」

「貴公に頼み事をするのは初めてだぞ。もし承知してくれたら、またとろろ飯を食わせてやるがどうだ。今夜は頭数が多かったゆえ、存分に食べてもらえなんだが、貴公らだけのために腹が割けるほど、たっぷりふるまってやる」

「いや、とろろ飯は食べたいが、やはり断る。腹は切りとうないからな」

野首は腹を押さえ、さすった。

「野首殿よ」

陣内の声の調子が変わった。

「貴公が断るというのなら仕方がない。こんな姑息《こそく》なことはやりとうないが、あざみ殿に今夜のことを逐一話すことにする。あろうことか、襲わねばならぬわれら尾張者の元で酒をたらふく喰らい、とろろ飯を涙を流して食べたということをな。あの女、髪を逆立てて怒るであろうな。武田と上杉の塩の話なぞに耳は貸すまい。迷わず貴公らの不埒なふるまいを老中、大御所に報せるだろうな。そうなったら、貴公らは間違いなく切腹だ」

「判った、判った。われらの身分の証は貸してやるゆえ鬼薊にだけは報せてくれるな」

「よしっ、これで公儀の者に化ける件は片づいた。弥平次」

陣内は耳売りのほうに向き直った。

「おぬし、今夜は思いがけない商いができて機嫌は悪うあるまい」

「へへへ……、ま、おいしいお酒を頂戴いたしております」

「機嫌のいいところで頼まれてほしいのだが、松本藩大目付日置甚五兵衛の埃《ほこり》を掻き集めてきてくれ」

「へい、埃とは？」

「いかに謹厳実直な男といえど、叩けば多少の埃が出てくるだろう」

「ま、そうでござりましょうな」

「それともう一つ、城代家老久枝大膳の埃も掻き集めてくれ」

「いつまでに？」

「四日後の夕刻ということにしよう」

「それはまた急な話でござりますな」

「できぬか」

「この耳売り弥平次に、できぬことなぞありませぬわい」

「急がせるが、この仕事、銭は払わぬぞ。代官杉村殿の話に、おぬしが五両でいいというのを万五郎様は十両払うと申された。今度の仕事はあの五両でまかなってくれ」

「さすが抜け目のない骨董屋不破様でござりますな。まあ、よろしゅうござりましょう」

「平四郎、あとは奈良井の箕輪屋だな」

陣内は眠そうな顔で膝をかかえる朋輩に声を掛けた。

「箕輪屋がどうしたというのだ」

面倒そうな返事がかえってきた。

「慎三郎たちの追い剝ぎに遭った旅人たちが今頃このあたりでうろうろしているはずはなかろう。とすると、大目付が慎三郎の首実検をさせようとしているのは奈良井の箕輪屋に違いない。あの吝嗇野郎の作兵衛が、倅を掠って身代金を要求してきたのはこの人に間違いありませぬ、なぞと指差してみろ。全てはぶちこわしだ」

「金の亡者のあ奴のことだ。幾らか握らせたら、嘘八百を並べ立ててくれるさ」

「そのとおりだろうが、また銭が要るかと思うと気が滅入るわい」

「……」

聞こえぬふりをした平四郎は両腕を伸ばし、大きなあくびをする。

「ちっ、平四郎に銭の話をしても詮《せん》ないことか」

舌打ちをした陣内も手のひらを口に当て、背筋を伸ばしてあくびをした。

偽隠密登城

三人は鷲湖城とも烏城《からすじょう》とも呼ばれている松本城大手門前に立っていた。大目付による薄田慎三郎の吟味が予定された前日のことである。

「公儀隠密が小者なぞ連れて旅をすると思うか」

一人だけ尻を端折《はしょ》った小者姿の七兵衛が口を尖らせて言った。

「まだ申すのか。公儀隠密にもいろいろあり、虚無僧《こむそう》姿や町人などに化けた者から、身の回りの世話をする小者を従えた身分ある者もいる。往来切手と関所手形が三人分あったら、おぬしも侍姿をさせてやったのだが、二人分しかないゆえ小者で我慢してもらうしかないのだ」

武士の旅装姿の陣内は七兵衛の肩をぽんと叩いた。

「けっ、おれはいつも損な役回りばかりだ。言うておくが、今夜はしこたま呑むゆえ、銭の出し惜しみをしたら許さぬぞ」

「わかった、わかった。幾らでも呑ませてやるゆえ、小者で我慢してくれ。平四郎、おぬし、相変わらず眠そうな顔をしておるな。公儀隠密・袈裟丸甚左右衛門に化けることを忘れておるのではあるまいな」

「野首長五郎と間違えるやもしれぬぞ」

「野首はわしの役だ。袈裟丸殿よ、城に入ることにするが、よろしゅうござるかな」

軽口を叩いて歩き出した陣内は門番の足軽に二人の身分を明かし、大目付日置殿に取り次いでもらいたいと言った。

公儀の者と聞いて顔色を変えた門番が門内へ消えると、折り返し、飛び出してきた若侍が、

「ご用件は……」

と訊く。

「立ち話で軽々しくお伝えできる程度の用件で、公儀の者がわざわざ足を運んでくるとお考えかな」

陣内が素っ気ない応じようをすると、相手は困惑顔でしばらく思案したあと、

「暫時お待ちいただけませぬか」

と頭を下げた。

幾らもしないうちに、持筒《もちづつ》頭を名乗る中年の武士が出てきて、日置殿の元へご案内

するゆえ付いてきてほしいと言う。

水堀で四方を囲まれた松本城は平城であり、歩くのに息を切らさねばならぬような石段はない。南西部に五重六階の天守を置いた本丸を北側から凹型の二の丸が囲み、さらにこれを四方から三の丸が囲むという作りになっていた。

本丸は修復工事中とかで、陣内と平四郎は二の丸に案内された。七兵衛は小者役なのでむろん付いてこれない。

重役用と思われる客間に通された。

徒士目付《かち》を名乗る男が待機していて、大目付はすぐに参りますゆえお待ちいただきたい、と丁重に頭を下げたあと、恐縮顔で、失礼ながらご身分の証をお持ちなら拝見させてもらえぬか、と言う。

予想どおりの要求だった。やはり、大目付日置甚五兵衛はこちらの名乗りを鵜呑みにする男ではなかったようだ。

それでも、辞を低くする徒士目付の態度には公儀の者を粗略に扱うまいとする姿勢が十分に窺えた。

二人の往来切手と関所手形に目を通した相手が退室すると、ほどなく大目付日置甚五兵衛が姿を見せた。

色黒で分厚い唇とぎょろりとした目を持つ男である。

互いの挨拶を終えたところで、

「して、ご用件は何でござるかな」

と、切り出したがっているのが透けて見える甚五兵衛に向かい、陣内はおもむろに口を開いた。

「早速ながら、われらの用向きをお聞きいただけますかな」

「むろん、承りましょうぞ」

甚五兵衛はわずかに膝を乗り出した。

「貴藩に関わる聞き流すわけにいかぬ噂を街道で耳にしたのです。公儀隠密としてはご老中にお報せせねばならぬ類の噂でござる」

「ほう」

大目付の顔色が変わった。

「われらは大御所様直々ご下命の大事な役目を果たす途中の身ゆえ、余計なことに関わる暇はないのですが、他藩ならいざ知らず、三葉葵《みつばあおい》を許された貴藩だけに、噂を確かめることなくご老中の耳に入れるわけには参らぬと思料いたし、こうして参上した次第でござる」

松本藩主の祖先戸田康長《とだやすなが》は家康の妹松姫を正室としたがゆえに、諸大名の中で最初に松平の姓と三葉葵の紋を許された。そして、この特別扱いは当代の戸田丹波守光雄《みつお》に至るまで続いている。

「どのような噂でござるかな」

動揺を悟られまいとして作る口元の微笑がひきつっている。

「貴藩の藩士数名が中山道鳥居峠で追い剝ぎをしているという噂でござる」

「追い剝ぎ？　わが藩の者がでござるか」

精一杯驚いてみせたが、どこか芝居がかっていた。

「さよう、追い剝ぎです」

「そのような噂は、根も葉もない流言飛語でござろう。わが藩にそのような者がおるはずはござらぬ」

「そうでござりましょうな。松平様のご家臣が追い剝ぎなぞ、なさるはずはない。万一そのようなことがあれば、たとえ松平様といえど。ご老中も黙っていますまい。下手をするとお家取り潰しという厳しい処置をとられるやもしれませぬ。だからこそ、われらは事の真偽を確かめてからでなければ、うかつにこの噂をご老中に報せるわけにいかぬと思うたのでござる」

「よくぞ確かめに参られましたな。心よりお礼を申し上げまするぞ」

大目付は深々と頭を下げた。

「われらが耳にした貴藩の藩士に関わる噂はこれだけではござらぬ」

「えっ」

今度は芝居ではない驚きようだった。

「それは……一体……どのような噂で……」

不安が顕《あら》わな表情である。

「袈裟丸殿、この噂を聞いたのは貴公ゆえ、貴公の口から申し上げるのがよろしかろう。のう袈裟丸殿」

応答のない朋輩のほうを見た陣内は声を洩らしそうになった。あろうことか、千村平四郎は両手を膝の上に載せ、背筋を伸ばして器用に居眠りをしている。

〈こやつ、馬鹿か、どういう神経をしておるのだ〉

「いや、袈裟丸殿は昨夜、大御所様へお届けする書状を寝ずに書いていた模様ですし、口下手なので、みどもが申し上げることにいたしましょう」

陣内は額と首筋の冷や汗を拭わねばならなかった。

「もう一つの噂は、貴藩の藩士が鳥居峠にある御嶽山礼拝のための古い鳥居を建て直そうとしているというものでござる」

「ほう、鳥居を……でござるか」

「さよう、鳥居でござる。この話を聞いて信仰心篤き者たちが建立費用の足しにして欲しいと、その藩士に寄進を申し出たとか出なかったとか」

「ほう」

「古い鳥居を立て直すなどということは、めったにできぬ事、見上げた心掛けと褒めたきところなれど、街道上に建てるものゆえ、道中奉行なり寺社奉行なりに届け出をせねばならぬのはご承知でござりましょうな。もし、この噂が本当なら、その藩士殿に届け出るよう、大目付殿から申し渡していただけませぬかな」

「承知した」

「件《くだん》の藩士はまだ随分若いとのことなので、おそらく届け出をせねばならぬことを知らぬのでござりましょうな。誰でも若い頃は知らぬことばかりで粗相をするもの。これは吉原で聞いた話でござるが、十余年前、ある藩の藩士が吉原へ花魁《おいらん》を買いにきたとか」

「……」

甚五兵衛は余計な話をする男だなと言いたげな顔で黙っている。

「その武家は謹厳実直を絵に描いたような大変な堅物で、明らかに遊郭は初めてと思われたので、妓楼の者が吉原のしきたりを教えようとしたところ、そのようなことは承知しておると言って聞こうとしなかったそうです」

相槌を打とうとしない甚五兵衛を無視して陣内はさらに続けた。

厄介なことになりはせぬかと懸念しながらも、その者は武家を茶屋へ案内し、芸者を呼んで酒宴を開かせ、花魁と顔合わせをさせた。上品な顔をした花魁が気に入ったとみえて、武家は上機嫌だったが、同衾《どうきん》できるのは三度通って馴染《なじ》みになってからだと知ると、大声で、大金を使わせておいて抱かせぬとは許せぬとわめき出し、果ては駆けつけた男衆を相手に大暴れをした。

「この武家の所行は藩で問題にされたそうですが、かばってくれる後ろ盾がいたのでございましょうな。とくに咎められることはなかったとか。ま、過《あやま》ちは誰にでもあること、しかも遊郭のしきたりを知らなんだがゆえの所行、あえて咎めずともよかったのでございましょうな」

話の武家は江戸詰め時代の日置甚五兵衛であり、耳売り弥平次が仕入れてきたものだった。

大目付は自分のことだと途中で気付いたのだろう。苦い顔をして何も言おうとしない。

「こんな話も聞きましたぞ。藩侯の供をして江戸城中に詰めたある武家が控えの間で待っているうちに腹痛に見舞われた。出すものを出せば痛みが治まると思って厠へ行ったところ、折悪く先客がいた。いずれ出てくるだろうと痛みを辛抱して待ったが、いっこうに出てこない。しびれを切らして、窮状を訴え、早く済ませてもらえぬかと先客に頼んだ。返事はあったものの、願いは聞いてもらえず、さらに待たされた。脂汗を流し身もだえしているところへ、ようやく出てきた相手の鼻唄でも歌いそうな顔を見て、我慢のならなくなった武家がもっと早く出てこれなんだのかと声を荒げると、先客が鼻先で嗤ったので、つかみ合いの喧嘩になってしまった」

日置甚五兵衛は上目づかいに陣内を睨んでいる。弥平次が仕入れてきたこの話は、甚五兵衛にとって吉原の件同様に思い出したくないことだった。加えて、よくも調べ上げたものだという相手に対する薄気味悪さも覚えていたのだが、公儀隠密では「黙れ」と怒鳴りつけるわけにいかなかった。

「江戸城中での喧嘩沙汰は本来ならただでは済まぬところなれど、これも結局不問に付されたとか。誰かが過ちを許したからでしょうな。過ちを咎めるばかりが能ではない。許すことも大事なのでござりましょうな。大目付殿はそう思われませぬか」

「ま、大事でござろうな」

渋々頷いた。

「余計な事を申し上げたが、われらの用向きは以上でござる。袈裟丸、大目付殿はお忙しいであろうゆえ、これで失礼しようではないか」

「ま、待たれよ」

甚五兵衛は腰を浮かせてかすれ声を出した。

「いまの話、まさか余所《よそ》でもなさるおつもりではござるまいな」

「いまの話？　江戸城中の厠の話ですな。たまたまついでにお耳に入れただけで、吉原の話同様、たいしておもしろくもない話ゆえ余所ですることはござらぬ」

「わが藩の者が鳥居峠で追い剝ぎをしたという噂、あれは忘れてくださるのじゃろうな」

「根も葉もないことが判ったゆえ、ご老中の耳に入れるようなことは致しませぬわい」

「ただし……」

不意に居眠りをしていると思った平四郎が口を開いた。

「万一、多少たりとも根や葉のある噂だったことが後刻明らかになった折には、遠慮なくご老中の元へ報告をさせていただきますぞ」

きっぱりとした口調に気圧された甚五兵衛は、口ごもりながら、ただの噂にすぎぬのは間違いないところゆえ何とぞよしなに、と頭を下げた。

地蔵堂

一行は松本城下のはずれ、塩尻に向かう街道沿いの地蔵堂前に立っていた。

宗春は身振り手振りで薄田外記と何か話し込んでいる。その手付きからして将棋の話をしているのだろう。

小笹は弥藤と時々笑い声をあげながら言葉を交わしていた。

陣内は揉み手をする耳売り弥平次に苦り切った顔で何か言っている。

薄田慎三郎たち五人の若者を捉まえて説教めいた話をしているのは玄明寺の住持と七兵衛だ。

やがて――、
彼らの元を離れた若者たちが平四郎のほうへ歩み寄ってきた。

いずれも明るい顔をしていた。

「ありきたりのお別れの挨拶は申し上げないつもりです」

ためらいがちに切り出した慎三郎は足元の小石をつま先で蹴った。これまでの口のきき方とはまるで違っていた。

「ああ、湿っぽくなるゆえ、おれも別れの挨拶なぞ聞きたくない」

平四郎は無愛想である。

「鳥居を立て直すという約束は必ず果たします」

「うん」

「棒術の稽古はしばらく続けるつもりです」

「ああ、それがいいな。できるなら、おぬしらも続けてくれ」

平四郎はほかの四人に声を掛けた。

「承知しました」

若者たちは一斉に頷いた。

「草鞋づくりは性に合わぬので続ける気はありません」

「そうであろうな。あのように面倒で手間のかかる物作りはおれも性に合わぬ」

平四郎が笑うと、若者たちも白い歯を見せた。

「自然薯掘りはおもしろいので、時々やろうと思っています」

「そうか、おもしろいと思ったか」

「教えていただきたいことがあります」

また小石を蹴った慎三郎は改まった口調になった。

「……」

教えてほしいという言葉を初めて口にした若者を平四郎は無言で見返した。

「小笹殿に別れの挨拶をしたいのですが、何を言えばよいのでしょう」

「おれにわかるはずはなかろうが。自分で考えろ」

苦笑する平四郎の元へ弥藤が歩み寄ってきた。姉と入れ替わりに小笹のほうへ行こうとした慎三郎が立ち止まって振り返り、ひょこりと頭を下げた。

「何かとありがとうございました」

「ありがとうございました」

ほかの四人が続いた。

「すっかり変わってしまったでしょう」

若者たちの背中を見送る弥藤が言った。

「確かに変わりましたな」

平四郎も慎三郎たちの背に視線を当てていた。

「千村様たちのおかげでございます。本当にありがとうございます」

「いや……」

平四郎は首を横に振った。人から礼を言われることほど苦手なものはない。

「ひと月先には江戸へ行かねばならぬのですが、あれなら少しは安心できそうです」

「江戸ですか」

平四郎は首を傾げた。

「嫁ぐ先が江戸詰めのお方なんです」

「ほう」

「みなさまもこれから江戸に向かわれるのでござりましょう。ひょっとしたら、あちらでまたお会いできるやもしれませんね」

嫁ぎ先を訊いてみたいような気がしたが、やめた。家老の娘であり、器量も申し分ない。彼女にふさわしい名のある大身の武家に嫁ぐに決まっている。

「でもわたし、本当は江戸なぞへ行くより、この松本で暮らしたいと思っています。朝夕きれいなお山の見えるこの土地が好きなんです。弟を叱り、導いてくださるようなお方と一緒になって……。でも……」

続けようとした時、小笹のけたたましい声が聞こえた。

「誰かこの人たちを叱ってください。馬鹿なことを口にするんです。この場からわたしを掠って江戸へ行かせぬようにすると言うんです」

小笹が指差しているのは慎三郎以下の若者たちだ。

「困った人たちだこと……」

呟いた弥藤が小笹のほうへ小走りで向かった。白い首筋とふっくらとした腰の曲線がまぶしい。

「いい女だなあ」

振り向くと陣内が弥藤の姿を目で追っている。横に七兵衛がぬっと立っていた。

「あの女なら所帯を持ってもいいな」

「ああ、持ってもいい。したが、われらの手の届く相手ではないぞ」

七兵衛は陣内の尻をぽんと叩いた。

「ま、あのひとを泣かせずに済んだということで満足するか」

陣内は両手でつるりと顔を撫でた。

「われらが発ったあと、慎三郎たちが藩の咎めを受けるようなことはあるまいな」

七兵衛はまだ弥藤を見つめている。

「あの大目付、あまり利口ではないようだが、みすみす藩を危うくするよう馬鹿な真似はすまい」

「しかし、慎三郎の首実検をやったそうではないか」

「正義の士としては一通りやらぬと気が済まなんだのであろうよ。しかし、簑輪屋が、倅を掠って身代金を要求してきた相手は熊坂長範《くまさかちょうはん》のような顔中髭《ひげ》だらけの恐ろしい顔をした男だったと言ったので、無駄な首実検に終わったというわけさ」

「城代家老が動くことはあるまいのう」

「まずないな。万一動きおったら、弥平次が仕入れてきた話を聞かせてやるまでよ。江戸詰めの貴殿の倅殿は町娘を手込めにしようとして、鳶《とび》の者に殴り倒されたことがおありだそうですなと」

「城代も、ろくでもない倅を持って肝を冷やしているというわけか」

「若いうちはみな、ろくでなしさ。ろくでなしを許し、大目に見てやるのも大事なことだ。救いのなさそうな若者でも時がくれば役に立つ、いっぱしの男になるものだからな。もっとも、いつまで経っても呑んだくれて役に立たぬ男もおらぬでもないがな」

「それは、まさかおれのことではあるまいな」

「言うておくが、当分酒は呑めぬぞ」

「また銭なしになったというのか」

七兵衛はげんなりとした顔になった。

「ああ、弥平次の野郎がごっそり持っていきおった。三菜の菩提寺として見繕った寺に払った銭を寄越せの、城代家老と大目付の埃を掻き集めるのに余計な銭がかかったのと……。それに、あの吝嗇親爺の箕輪屋にもむしり取られたからな」

「やれやれ、酒なしの旅か」

大きな溜息をついた七兵衛が街道の彼方に目を凝らした。

「おい、あれを見ろ」

指差した先に野首長五郎と袈裟丸甚左右衛門の姿があった。いや、二人だけではなく、あざみや他の公儀隠密の姿も見えた。宗春たち一行を追って城下のほうからやってきたのだろう。立ち止まって、こちらの様子を窺っている。

「出掛けるぞ」

小笹と並んで歩き出した宗春が声をあげた。

「恙《つつが》のうお過ごしなさりませ」

手を振る弥藤が澄んだ声で叫んだ。

「小笹殿、われらはそなたを、いつまでも待ちますぞ。よろしゅうござるな。いつまでも待ちまするぞ」

五人の若者が声を揃えて怒鳴った。

「あの人たち、馬鹿みたい」

小笹の呟きが聞こえた。

特選時代小説

KOSAIDOBUNKO

もぐら同心《どうしん》 草笛旅《くさぶえたび》

2008年5月1日　第1版第1刷

著者
高橋和島《たかはしわとう》
発行者
蔀　聡志
発行所
株式会社廣済堂出版
〒104-0061 東京都中央区銀座3-7-6
電話◆03-3538-7214［編集部］ 03-3538-7212［販売部］ Fax.03-3538-7223［販売部］
振替00180-0-164137　http://www.kosaido-pub.co.jp

印刷所・製本所
株式会社廣済堂

ISBN978-4-331-61328-3　C0193